Collection dirigée
par Hélène Potelet et Georges Décote

La Farce de Maître Pathelin

Texte intégral
Version en français moderne de Françoise Rachmuhl

Un genre
La farce

Groupement de textes
La satire de la justice

La Fontaine, Labiche, Courteline, Marcel Aymé,
Jean Tardieu

© Hatier
Paris 2002
ISBN 978-2-218-73926-2
ISSN 0184 0851

Françoise Rachmuhl,
agrégée de Lettres modernes

HATIER

2

L'air du temps

La Farce de Maître Pathelin (XVᵉ siècle)

Cette farce fut jouée entre 1464 et 1470. On ne connaît ni l'auteur ni la date de la première représentation. En revanche, on sait que le succès de la pièce fut immédiat.

La France sort de la guerre de Cent Ans et bientôt, en 1461, **Louis XI** monte sur le trône. Ce roi « bourgeois » consolide le royaume et favorise son développement économique.

À la même époque...

■ **Gutenberg** fait imprimer le premier grand livre européen, La Bible, en 1455.

■ **François Villon,** un étudiant querelleur, fuit la justice. En 1461, il compose son plus beau poème : *Le Testament.*

■ **En Italie,** s'épanouit l'art du *Quattrocento,* illustré par de très grands peintres, sculpteurs et architectes ; Botticelli, Donatello, Brunelleschi...

■ **Metsys** (1466-1530), peintre flamand, peint *Le Prêteur et sa femme.*

Sommaire

Introduction   4

Première partie
« La Farce de Maître Pathelin » (XVᵉ siècle)

Scène 1   9   Scène 7   57
Scène 2   16   Scène 8   63
Scènes 3 et 4   27   Scène 9   73
Scène 5   35   Scène 10   78
Scène 6   54
Questions de synthèse   83

Deuxième partie
Groupement de textes : La satire de la justice

Introduction   86
Du Prud'homme qui sauva son compère (Fabliau)   87
La Fontaine **Fables**,
« Le Chat, la Belette et le petit Lapin » (Livre VII) 92
Eugène Labiche L'Avocat pédicure (Scène 16)   96
Georges Courteline Un client sérieux (Scènes 1 et 3) 102
Marcel Aymé La tête des autres (Acte I, scène 2)   108
Jean Tardieu De quoi s'agit-il ? (Farce brève)   115
Petit lexique de la justice   125
Index des rubriques   127

Introduction

La Farce de Maître Pathelin

Qui est l'auteur ?

On ignore qui est l'auteur. On ignore aussi la date de la première
représentation. La « grande froidure » dont parle un des personnages est peut-être celle de l'hiver 1464. Et l'on constate qu'en
1470 la pièce était assez célèbre pour que soit employé le verbe
« patheliner », c'est-à-dire tromper en feignant d'être malade. La
pièce est écrite en dialecte d'Île-de-France, avec des mots picards
et normands. On y fait allusion aux « foireux » de Bayeux, ville de
Normandie, et aux farceurs de Rouen, les « cornards ». L'auteur
serait-il normand ?

Il a certainement des connaissances juridiques étendues, comme le
prouvent les mots précis qu'il emploie tout au long de la pièce et en
particulier dans la scène du jugement. Il appartient sans doute à la
Basoche, cette association qui regroupe les clercs[1] étudiant le droit
dans les villes de Parlement, telles que Paris ou Rouen.

Que l'auteur évoque la fable du corbeau et du renard, qu'il utilise
les termes techniques du commerce et du droit, qu'il s'amuse à
faire jargonner Pathelin en toutes sortes de langages, il agit en
écrivain conscient de son art et s'adresse à un public cultivé. Ce
qui n'empêche pas le public populaire d'apprécier la vivacité de
l'intrigue et la vérité des personnages.

Qu'est-ce qu'une farce ?

Au XIIe siècle, le théâtre est lié à la religion. On joue des pièces
appelées « mystères » qui représentent des épisodes de l'Ancien et
du Nouveau Testament. Elles se déroulent sur plusieurs journées.
Destinées à l'instruction et à l'édification des fidèles, elles sont
jouées d'abord à l'intérieur des églises, puis sur le parvis.

---

1. Hommes d'Église, instruits. Au Moyen Âge, étudiants et professeurs sont tous clercs,
mais ils ne sont pas tous prêtres pour autant.

Bientôt, pour délasser le public, de petites scènes comiques se glissent entre les épisodes de ces interminables « mystères ». Elles viennent en quelque sorte les « farcir », comme en cuisine un mélange de viandes hachées vient farcir un rôti. D'où l'origine supposée du mot « farce » pour désigner ces intermèdes. La farce devient alors un genre à part entière, totalement indépendant du théâtre religieux dès le XIIIe siècle.

Au temps de *Pathelin*, c'est-à-dire au XVe siècle, la farce est une pièce au comique souvent grossier, aux personnages stéréotypés : la femme volage, le mari jaloux, le curé gourmand. On se trompe, on se poursuit, on se cache, on échange des coups de bâton.

La Farce de Maître Pathelin : farce ou comédie ?

Cette farce ne correspond pas tout à fait à ces caractéristiques. Certes, elle garde des éléments de la farce. Mais les personnages sont vraisemblables et bien dessinés, les situations s'inspirent de la réalité de l'époque. Sauf dans les délires de Pathelin, le texte n'est pas grossier, la critique des hommes de loi et des commerçants demeure mesurée. En outre, la pièce est beaucoup plus longue que les farces traditionnelles.

Elle s'apparente donc au genre de la comédie, comme le suggèrent, dans une version manuscrite de la fin du XVe siècle, les derniers vers prononcés par le berger, avant de s'enfuir :

J'ai trompé des trompeurs le maître,
Car tromperie est de tel être[2]
Que qui trompe, trompé doit être.
Prenez en gré[3] la comédie ;
Adieu toute la compagnie.

Les représentations au XVe siècle

À cette époque, le goût du spectacle est vif. Nombreuses sont les représentations pendant les foires, les fêtes religieuses, les fêtes

---

2. Nature. | **3.** Acceptez et prenez plaisir à la comédie.

locales. Des troupes de comédiens ambulants, des étudiants groupés en confréries installent des estrades sur les places, aux carrefours des rues. Il n'y a pas de décor : par exemple, dans *La Farce de Maître Pathelin*, un simple rideau délimite un espace où figurent simultanément une boutique, une chambre et un tribunal. Il n'y a pas non plus de costumes : les personnages portent les vêtements de la vie quotidienne.

Mais cet aspect rudimentaire n'empêche pas les rires de fuser. Le public ne s'y trompe pas : le succès de *La Farce de Maître Pathelin* est immédiat et durable. Plus de sept éditions sont publiées en cette fin du XVe siècle. On imite la pièce, on attribue aux mêmes personnages de nouvelles aventures, on la traduit en latin et, au XVIIIe siècle, un certain abbé Brueys va jusqu'à la doter d'une intrigue amoureuse avec mariage au dénouement !

La Farce de Maître Pathelin a été jouée d'innombrables fois, sur toutes les scènes, devant tous les publics, et le sera sans doute encore longtemps…

Première partie

La Farce de Maître Pathelin

La Farce de Maître Pathelin
Les personnages

MAÎTRE PIERRE PATHELIN, *avocat.*

GUILLEMETTE, *sa femme.*

GUILLAUME JOCEAULME, *drapier.*

THIBAULT L'AGNELET, *berger.*

LE JUGE.

Gravure sur bois (1500). Paris, Bibliothèque nationale de France.

Scène première
Chez Pathelin

PATHELIN. – Ma foi, Guillemette, j'ai beau me donner du mal, chaparder par ici, et grappiller par là, nous n'en sommes pas riches pour autant ! Et dire qu'il fut un temps où j'exerçais le beau métier d'avocat !…

5 GUILLEMETTE. – Ma foi, Maître Pierre, j'y pensais justement à votre beau métier d'avocat ! Votre renommée a baissé… Il fut un temps, je m'en souviens, où ils voulaient tous vous avoir dans l'espoir de gagner leur cause[1]. Et maintenant, ils vous traitent d'avocat… à la noix !

10 PATHELIN. – Ce n'est pas pour me vanter, mais il n'y a pas dans toute notre commune d'homme plus habile que moi, sauf le maire.

GUILLEMETTE. – Bien sûr, il a lu le gri… maire ! Non, le grimoire. Je veux dire la grammaire ! Lui, il a étudié longtemps 15 pour être clerc[2].

PATHELIN. – À qui ne puis-je expédier sa cause[3], pour peu que je m'y mette ? Et pourtant je n'ai guère appris le latin[4]. Mais je me vante de savoir chanter au lutrin[5] avec notre curé, aussi bien que si j'avais appris à l'école pendant des années 20 et des années.

GUILLEMETTE. – Et qu'est-ce que nous en avons de plus ? Pas un poil de lapin. À vrai dire, nous mourons de faim ; nos robes[6] sont tellement usées qu'elles sont devenues transparentes ; nous ne savons même pas comment faire pour nous 25 en procurer d'autres. À quoi sert toute votre belle science ?

---

1. Gagner leur procès.
2. Homme instruit. Le maire est officier de justice.
3. Mener rapidement à bonne fin.
4. Unique langue parlée dans le milieu universitaire.

5. Pupitre élevé dans le chœur d'une église pour soutenir le livre quand on chante l'office.
6. Vêtements longs, avec ou sans manches, portés par les hommes et les femmes.

PATHELIN. – Taisez-vous. En mon âme et conscience, si j'exerce mon esprit, je saurai bien où en trouver, des robes et des chaperons[7]. Plaise à Dieu, nous nous en tirerons, et nous rétablirons nos affaires. Que diable ! Dieu travaille vite quand
30 il veut ! Il suffit que je m'applique et que j'utilise mon expérience ; mon égal n'est pas encore né.

GUILLEMETTE. – Votre égal en fourberie ! C'est bien vrai que, dans ce domaine, vous êtes un véritable maître.

PATHELIN. – Pas en fourberie, mais en plaidoirie !

35 GUILLEMETTE. – Non, non, en fourberie… Je m'en rends compte, sans instruction ni sens commun, tel que vous êtes, on vous tient pour le filou le plus habile de la paroisse.

PATHELIN. – Personne ne s'y connaît mieux que moi en l'art de plaider.

40 GUILLEMETTE. – Seigneur ! Dites plutôt en l'art de filouter ! Du moins, c'est là votre réputation.

PATHELIN. – C'est la réputation des gens vêtus de drap fin et de beau satin, qui se disent avocats, et qui ne le sont pas. Mais ça suffit ; arrêtons là ce bavardage. Je veux aller à la
45 foire.

GUILLEMETTE. – À la foire ?

PATHELIN. – Eh oui ! À la foire ! *(Il fredonne.)* « À la foire, gentille marchande… » Cela vous déplaît-il que j'achète du drap, ou quelque chose de ce genre pour remonter notre
50 ménage ? Nous n'avons plus un seul vêtement qui vaille la peine d'être porté.

GUILLEMETTE. – Vous n'avez pas non plus un sou qui vaille la peine d'être compté ! Qu'est-ce que vous irez faire là-bas ?

PATHELIN. – Vous ne le savez pas, ma chère. Si, tout à l'heure,
55 vous n'avez pas assez de drap pour nous deux, et en bonne

7. Coiffures encadrant le visage, avec des pans.

quantité, alors traitez-moi de menteur. Quelle couleur préférez-vous ? Gris vert ? Une couleur foncée ? Une autre couleur ? Il faut que je sache.

GUILLEMETTE. – La couleur que vous pourrez avoir. Quand
60   on emprunte, on n'a guère le choix.

PATHELIN, *comptant sur ses doigts*. – Pour vous, deux aunes[8] et demie ; pour moi, trois, même quatre. Ce sont…

GUILLEMETTE. – Vous comptez large. Qui pourra bien vous les prêter ?

65   PATHELIN. – Qu'est-ce que ça peut vous faire ? On me les prêtera, c'est sûr… à rendre au jour du Jugement dernier[9]. Pas avant !

GUILLEMETTE. – Alors, allez-y, mon ami ! De toute façon, le trompeur sera filouté.

70   PATHELIN. – J'achèterai du drap gris ou vert, et pour une pièce de flanelle, il me faudra trois quarts d'aune, ou bien une aune, d'étoffe de laine fine.

GUILLEMETTE. – Que Dieu me bénisse ! Allez-y, et si vous rencontrez Maître Filou, n'oubliez pas de trinquer avec lui !

75   PATHELIN. – Prenez bien soin de tout en mon absence.

GUILLEMETTE, *seule*. – Quel marchand va-t-il trouver ? Pourvu qu'il n'y voie que du feu…

---

8. Ancienne mesure de longueur, à peu près égale à 1 m 20.

9. Le jugement de Dieu à la fin du monde, Pathelin paiera à la fin du monde, c'est-à-dire jamais.

Repérer et analyser

La situation d'énonciation

1 Dans quel lieu la scène se situe-t-elle ? Citez quelques indices qui montrent qu'elle se déroule au Moyen Âge.

2 **a.** Qui sont les personnages en présence ? Par quel pronom personnel se désignent-ils mutuellement ?

b. Le spectateur a-t-il l'impression que leur discussion commence au début de la scène ou bien qu'elle a commencé avant ? Justifiez votre réponse.

3 Les paroles dites par les personnages ne s'adressent-elles qu'aux personnages qui sont sur scène ? Précisez votre réponse.

L'exposition

Les premières scènes d'une pièce (appelées scènes d'exposition) sont desti-nées à fournir au spectateur, d'une manière aussi naturelle que possible, toutes les informations dont il a besoin pour comprendre la situation.

Le personnage de Pathelin

4 **a.** Quel est le métier que Pathelin prétend exercer ? Quelle est sa réputation passée et présente ? A-t-il il reçu une instruction solide ?

b. À quelles activités Pathelin se livre-t-il ? Appuyez-vous notamment sur deux verbes que vous relèverez dans la première réplique. Que signifient-ils ?

c. Quelle opinion Pathelin a-t-il de lui-même ? Justifiez votre réponse.

Pathelin et Guillemette

5 Quelle est la situation financière du couple ? Citez le texte à l'appui de votre réponse.

6 **a.** Quel jugement Guillemette porte-t-elle sur son mari ?

b. Quel comportement a-t-elle à son égard : tendre ? moqueuse ? méprisante… ? Justifiez vos réponses.

7 Quelle est la place de la femme dans ce couple ? Justifiez votre réponse en vous appuyant notamment sur le temps de parole de chaque personnage.

L'action

8 Quelle décision Pathelin prend-il ? Où se rend-il ? Que compte-t-il faire ?

Le comique

Le comique de mots

9 Relevez dans les lignes 29 à 46 les expressions qui se répondent et qui s'opposent.

10 a. Expliquez le jeu de mots fait par Guillemette à propos du « grimaire » (l. 13). Qu'est-ce qu'un « grimoire » ?

b. En quoi Guillemette joue-t-elle sur le mot maître dans l'expression « Vous êtes un véritable maître » (l. 33) ?

11 Relevez quelques expressions qui appartiennent au langage familier. Quel est l'effet produit ?

La visée

Identifier la visée d'une scène de théâtre, c'est se demander quel effet l'auteur dramatique a cherché à produire chez le spectateur.

12 Quelle est la visée de cette première scène ? À quelle suite le spectateur peut-il s'attendre ?

Étudier la langue

13 Le nom « Pathelin » est passé dans le langage courant et il est aujourd'hui surtout utilisé comme adjectif sous la forme « patelin ». Quel est le sens de cet adjectif ? Trouvez-lui deux synonymes.

14 a. Décomposez le nom « drapier » (donnez le radical et le suffixe) et dites quel est le sens de ce mot.

b. Trouvez trois autres mots comportant le même suffixe.

Mettre en scène

15 Imaginez les occupations et les attitudes respectives des personnages avant que la scène ne commence et lorsqu'ils échangent les quatre premières répliques. Jouez ensuite ce début de scène.

S'exprimer

16 Pathelin, sans un sou en poche, s'en va acheter du drap. Comment s'y prend-il ? Rédigez en quelques lignes le canevas de l'intrigue. Vous comparerez l'intrigue que vous avez imaginée avec celle de la pièce.

Se documenter

Le texte d'origine

Voici les quatre premières répliques de la pièce dans le texte d'origine, puis dans le texte transcrit.

Pathelin cõmence
Aincte marie guillemette
pour quelque peine q̃ ie mette
A cabaffer na ramaffer
Nous ne pouõs rien amaffer
Or Bis ie que iaduocaffoye
Guillemette
Par noftre dame ie y penfoye
Dont on chante en aduocaffage
Mais on ne Bous tient pas fi fage
Des quatre pars cõme on foufoit
Jay Beu que chacun Bous Boufoit
Auoir pour gangner fa querelle
Maintenant chacun Bous appelle
Par tout aduocat deffoubz forme
Pathelin
Encor ne bis ie pas pour me
Danter/mais na au territoire
Ou nous lenons noftre audictoire

MAISTRE PIERRE *commence*

Saincte Marie ! Guillemette,
Pour quelque paine que je mette
A cabasser n'a ramasser,
Nous ne povons rien amasser ;
5 Or vis je que j'avocassoye.

GUILLEMETTE

Par Nostre Dame, j'y pensoye,
Dont on chante, en advocassaige,
Mais on ne vous tient pas si saige
Des quatre pars comme on soulloit.
10 Je vis que chascun vous vouloit
Avoir pour gangner sa querelle ;
Maintenant chascun vous appelle,
Partout, « advocat dessoubz l'orme ».

PATHELIN

Encor ne le dis je pas pour me
15 Vanter, mais n'a, au territoire
Ou nous tenons nostre auditoire,
Homme plus saige, fors le maire.

GUILLEMETTE

Aussy a il leu le grimaire
Et aprins a clerc longue pièce.

17 Observez le texte p. 14. Quelle remarque faites-vous concernant :
– les caractères typographiques employés par l'éditeur du XVᵉ siècle ;
– la mise en espace par rapport à celle du texte traduit en français moderne ?

18 Lisez le texte ci-dessus. Combien les vers ont-ils de syllabes ? Y a t il des rimes ?

19 a. Que peut, selon vous, signifier l'expression « advocat dessoubz l'orme » (v. 13) ? (Un orme est un arbre volumineux.) Quelle traduction en a été donnée ? Proposez-en une autre.

b. Sans regarder la traduction qui vous est proposée, essayez d'adapter en français moderne les vers 10 à 17, sachant que « fors » signifie « sauf », « excepté ».

Scène 2

Dans la boutique du drapier

PATHELIN. – Est-ce que c'est là ? Je n'en suis pas sûr. Mais si… Il est dans la draperie. *(Saluant le drapier.)* Dieu soit avec vous !

GUILLAUME. – Que Dieu vous bénisse !

5 PATHELIN. – Dieu m'a béni, j'avais tellement envie de vous rencontrer ! Comment va la santé ? Toujours en forme, Guillaume ?

GUILLAUME. – Mon Dieu, oui !

PATHELIN. – Allons, serrez-moi la main. Comment allez-10 vous ?

GUILLAUME. – Mais je vais bien… Tout à votre service. Et vous ?

PATHELIN. – À votre service aussi. Alors, vous vous donnez du bon temps ?

15 GUILLAUME. – Hum… Les marchands ne font pas toujours ce qu'ils veulent, je vous prie de me croire…

PATHELIN. – Comment marche le commerce ? On s'en tire ? On en vit bien ?

GUILLAUME. – Mon Dieu, mon bon monsieur, je ne sais pas 20 trop… On travaille, on n'en a jamais fini…

PATHELIN. – Ah, là, là !… Quel homme intelligent que votre père ! Dieu ait son âme ! Ah… Quand je vous regarde, j'ai tout à fait l'impression de le regarder, lui. Ah ! c'était un bon commerçant, un homme habile. Votre visage ressemble au sien, 25 on croirait voir son portrait. S'il existe un dieu de miséricorde, qu'il ait pitié de lui.

GUILLAUME. – Amen… Et aussi de nous.

PATHELIN. – Ma foi, les temps d'aujourd'hui, il me les a prédits souvent, et dans le moindre détail. Je m'en suis souvenu
30 plus d'une fois. Et puis, c'était un si brave homme !

GUILLAUME. – Asseyez-vous donc, mon cher monsieur… Il serait temps de vous le dire, vous voyez comme je suis poli, moi !

PATHELIN. – Je suis bien comme ça. Mon Dieu, il avait…
35 GUILLAUME. – Je vous en prie, asseyez-vous.

PATHELIN. – Volontiers. Il me disait : « Vous en verrez, des choses extraordinaires… » Les yeux, le nez, la bouche, les oreilles… Jamais un enfant n'a autant ressemblé à son père ! Et le creux au milieu du menton… C'est vous, tout à fait vous !
40 Vrai, celui qui irait dire à votre mère que vous n'êtes pas le fils de votre père, il aurait l'esprit de contradiction ! Je n'arrive pas à comprendre comment la Nature a pu créer deux visages aussi semblables, comme si elle s'était servi du même moule… Et à propos, Monsieur, la bonne Laurence, votre jolie tante, est-elle
45 toujours en vie ?

GUILLAUME. – Diable, oui.

PATHELIN. – Je me la rappelle belle, grande, droite, si gracieuse ! Elle et vous êtes bâtis sur le même patron, on croirait deux statues jumelles. Dans ce pays, il n'y a pas de famille
50 où la ressemblance soit aussi frappante. Plus je vous vois, plus je crois voir votre père. Vous vous ressemblez comme deux gouttes d'eau… Quel garçon de valeur ! Ça, c'était un brave homme. Dire qu'il faisait crédit à qui voulait… Il avait pris l'habitude, avec moi, de rire de si bon cœur… Plaise au ciel
55 que les méchantes gens lui ressemblent, on ne s'empoignerait pas comme on fait.

(Il se lève et tâte une pièce de tissu.)

Que ce drap-ci est beau. D'une douceur, d'une souplesse…

GUILLAUME. – Je l'ai fait faire exprès, avec la laine de mes
60 bêtes.

PATHELIN. – Eh bien, voici quelqu'un qui sait mener sa
barque ; autrement vous ne seriez pas le fils de votre père !
Vous ne cessez jamais de travailler, jamais, jamais…

GUILLAUME. – Que voulez-vous y faire ? Il faut bien se donner
65 du mal si on veut vivre.

PATHELIN, *touchant une autre pièce*. – Et celui-ci, c'est de
la laine teinte ? On dirait du cuir tant il est solide.

GUILLAUME. – C'est un excellent drap de Rouen[1], je vous le
garantis, et foulé[2] avec soin.

70 PATHELIN. – Eh bien, je vais me laisser faire… Je n'avais pas
la moindre intention d'acheter du drap quand je suis venu ici.
J'avais mis de côté 80 écus[3] pour racheter une rente[4], et voilà…
Cette couleur me plaît. J'en ai tellement envie que ça m'en fait
mal.

75 GUILLAUME. – Des écus ?…. C'est vrai ? Croyez-vous qu'ils
acceptent des pièces d'argent ceux que vous devez rembourser ?

PATHELIN. – Bien sûr, si je le demande ; ça ne fait pas de différence. Qu'est-ce que c'est que ce drap-là ? Vraiment, plus je
le vois, plus j'en raffole. Il m'en faut une robe pour moi, et
80 une pour ma femme.

GUILLAUME. – Évidemment le drap vaut les yeux de la tête.
En voici, si vous en voulez : dix francs, vingt francs seront
vite filés !

PATHELIN. – Ça m'est égal. Bon prix, bonne qualité. J'ai
85 encore de l'argent et qui n'a eu ni père ni mère[5].

GUILLAUME. – Dieu soit loué. Ça n'est pas pour me déplaire.

---

1. Le drap de Rouen était réputé.
2. Resserré par son passage dans une sorte de laminoir.
3. L'écu, et plus loin le franc, sont deux monnaies d'or, le franc valant un peu moins que l'écu.
4. Rembourser un prêt.
5. Pathelin veut dire que cet argent n'existe pas ; Guillaume comprend que Pathelin n'a pas eu cet argent en héritage.

PATHELIN. – Enfin j'ai une envie folle de cette pièce. Il faut que je l'aie.

GUILLAUME. – Eh bien, voyons d'abord combien vous en 90 voulez. Tout est à votre disposition, toute la pile, même si vous n'avez pas un sou.

PATHELIN. – Je le sais, je vous remercie.

GUILLAUME. – Voulez-vous de celui-ci, le bleu clair ?

PATHELIN. – Attendez… Combien me coûtera l'aune ? Dieu 95 sera payé en premier[6], c'est justice. Voilà un denier. Ne faisons rien sans lui.

GUILLAUME. – Vous parlez en homme de bien. J'en suis très heureux. Vous voulez connaître mon dernier prix ?

PATHELIN. – Oui.

100 GUILLAUME. – C'est vingt-quatre sous[7] l'aune.

PATHELIN. – Vingt-quatre sous ! Mon Dieu ! Jamais de la vie.

GUILLAUME. – Mais c'est ce qu'il m'a coûté. Il faut bien que j'en aie autant si vous me l'achetez.

105 PATHELIN. – Sapristi ! c'est trop !

GUILLAUME. – Vous ne savez pas comme le prix du drap a monté. Tout le bétail a péri cet hiver à cause du grand froid[8].

PATHELIN. – Vingt sous ! Vingt sous !

GUILLAUME. – Je vous assure que j'en aurai ce que je vous 110 ai dit. Attendez donc samedi : vous verrez ce qu'il vaut. La toison, qui était d'habitude en grande quantité, m'a coûté huit blancs[9] à la Madeleine, huit blancs la laine que j'avais d'habitude pour quatre.

---

6. Il était d'usage, pour les achats et les ventes, d'offrir à Dieu une petite part du marché. C'était le denier à Dieu. La somme allait aux hospices et aux couvents pour les pauvres. En fait, un denier était une très petite somme.

7. Vingt-quatre sous égalent 1 écu ; 16 sous valaient 1 franc (6,55957 euros), mais cette valeur changeait suivant les régions.
8. Allusion probable à l'hiver de 1464, d'une rigueur exceptionnelle.
9. Petite pièce de monnaie en métal blanc de peu de valeur.

PATHELIN. – Bon, ne discutons pas davantage, puisque c'est
115 comme ça, j'achète. Allons, mesurez-le.

GUILLAUME. – Au fait, combien vous en faut-il ?

PATHELIN. – C'est facile à savoir. Quelle est sa largeur ?

GUILLAUME. – La largeur du drap de Bruxelles[10].

PATHELIN. – Trois aunes pour moi. Pour elle… Elle est
120 grande… Deux aunes et demie. Ça fait six aunes, n'est-ce
pas… Mais non, que je suis bête !

GUILLAUME. – Il ne s'en faut que d'une demi-aune pour
que ça fasse six tout juste.

PATHELIN. – J'en prendrai six pour faire un compte rond. Et
125 puis j'ai besoin d'un chaperon[11].

GUILLAUME. – Tenez l'étoffe, nous allons mesurer. Elles y
sont largement. Et une, deux, trois, quatre, cinq et six.

PATHELIN. – Ventre Saint Pierre. C'est ric-rac[12] !

GUILLAUME. – Voulez-vous que je mesure à nouveau ?

130 PATHELIN. – Non, diable, non ! Un peu plus, un peu moins.
À combien se monte le tout ?

GUILLAUME. – Nous allons le savoir. À vingt-quatre sous
l'aune, six aunes font neuf francs.

PATHELIN. – Allons, c'est bon pour une fois… Cela fait six
135 écus ?

GUILLAUME. – Mon Dieu ! oui.

PATHELIN. – Eh bien, Monsieur, vous voulez bien me les
donner à crédit jusqu'à tout à l'heure, quand vous viendrez
chez moi. En fait, ce n'est pas donner à crédit ; vous aurez
140 votre argent à la maison en or ou en monnaie.

GUILLAUME. – Aïe… Ça me fera faire un grand détour d'aller
par là.

PATHELIN. – Hé, ce n'est pas tout à fait juste de dire que
vous ferez un détour. Bien sûr, vous ne voudriez jamais trouver

---

10. Il n'y avait pas d'unification dans les mesures.

11. Voir scène 1, note 7, p. 10.
12. Juste, sans un millimètre de plus.

145 l'occasion de venir boire un coup chez moi. Eh bien, cette fois, vous y boirez.

GUILLAUME. – Mais je ne fais que ça, de boire… J'irai. Mais ça ne vaut rien de faire crédit quand on étrenne son premier client.

PATHELIN. – C'est avec des écus d'or que je vous étrennerai,
150 moi, pas avec de la monnaie. Ça vous suffira-t-il ? Par la même occasion, vous mangerez de l'oie[13] que ma femme est en train de rôtir.

GUILLAUME, *à part.* – À vrai dire, cet homme me rend fou. Eh bien, montrez-moi le chemin. Je vous suivrai et je vous
155 porterai le drap.

PATHELIN. – Pas du tout. Le drap ne va pas me gêner. Je vais le porter sous mon bras.

GUILLAUME. – Ne vous dérangez donc pas. C'est plus convenable que je le porte, moi.

160 PATHELIN. – Jamais de la vie, ne prenez pas cette peine. J'ai bien dit, sous le bras.

(Il met le drap sous sa robe.)

Ça va me faire une belle bosse ! Mais ça va très bien. Quelle bombance on va faire chez moi ! Une belle bombance avant
165 que vous vous en retourniez.

GUILLAUME. – S'il vous plaît, vous me donnerez mon argent dès que je serai là-bas.

PATHELIN. – Comment donc ! Mais attendez… Non. Non, pas avant que vous n'ayez bien bu et bien mangé. Je voudrais
170 ne pas avoir sur moi de quoi vous payer : au moins vous viendriez goûter mon vin. Votre défunt père, quand il passait, criait toujours :

« Hé, compère… Qu'est-ce que tu dis ?… Qu'est-ce que tu fais ? » Mais vous autres riches, vous n'avez pas pour deux
175 sous d'estime envers les pauvres gens que nous sommes.

---

13. Plat de luxe qu'on ne mangeait que rarement.

GUILLAUME. – Mais ventrebleu[14] ! Nous sommes encore plus pauvres que vous !

PATHELIN. – Ouais ! Adieu ! Adieu ! Rendez-vous tout à l'heure, là où je vous ai dit. Et, je vous le garantis, nous boirons
180 un bon coup !

GUILLAUME. – Entendu. Allez devant et payez-moi en or.

PATHELIN, *en partant*. – En or ! Et quoi encore ! Payer en or ! Bien sûr que je n'y ai jamais manqué !

(Seul.)

185 Non mais, en or ! Que le diable l'emporte ! Sapristi ! Son drap, il ne me l'a pas vendu à mon prix, mais au sien. Donc il sera payé au mien.

Il lui faut de l'or : on lui en donnera ! Qu'il coure donc jusqu'au jour où il sera payé ; il fera plus de chemin que d'ici
190 jusqu'au fond de la terre.

GUILLAUME, *seul*. – Ils ne verront pas de sitôt la lumière du soleil, les écus qu'il me donnera, à moins qu'on ne me les vole. Il n'y a pas d'acheteur adroit qui ne trouve un vendeur encore plus adroit. Ce filou-là est bien naïf. Il a pris à vingt-quatre
195 sous l'aune du drap qui n'en vaut pas vingt !

---

14. Comme *palsambleu* (par le sang de Dieu), juron dans lequel le nom de Dieu a été remplacé par bleu, car il était interdit de jurer par le nom de Dieu.

Questions

Repérer et analyser

Le lieu

1 Où la scène se déroule-t-elle ? Justifiez votre réponse.

Les didascalies

Les didascalies sont des indications de mise en scène destinées au metteur en scène, aux acteurs mais aussi aux lecteurs. Elles peuvent concerner les gestes, le ton de la voix, les entrées ou sorties des personnages, les indications de décor, d'accessoires…

2 Relevez les didascalies. Quels types d'indications fournissent-elles ?

La progression du dialogue

3 Quelle est l'intention de Pathelin lorsqu'il arrive chez le drapier ? Reportez-vous à la scène précédente.

4 Quelles sont les trois étapes qui correspondent aux différentes manœuvres imaginées par Pathelin ?
Pour répondre :
– appuyez-vous sur les termes flatteurs que Pathelin utilise envers la famille de Guillaume (l. 1 à 56) ;
– dites combien de fois Pathelin utilise le mot « crédit » dans cette scène ;
– dites pour quelle raison Pathelin invite Guillaume à venir manger l'oie.

5 Quels arguments Guillaume utilise-t-il pour justifier le prix de son drap (l. 103 à 113) ? Citez le texte.

6 Relisez la dernière réplique. Quels éléments nouveaux apporte-t-elle au spectateur ?

7 Comparez le début et la fin de la scène.
a. Quel personnage avait le dessus au début de la scène ?
b. L'a-t-il toujours à la fin de la scène ? Justifiez votre réponse.

Le comique

Le comique de situation

8 **a.** Quel personnage cherche à tromper l'autre au début de la scène ? De qui le spectateur peut-il rire ? Justifiez votre réponse.

b. Relisez les deux dernières répliques. À qui chaque personnage parle-t-il ? De quoi chacun se félicite-t-il ? En quoi cette situation est-elle comique ?

Étudier la langue

9 **a.** Quel est le sens du verbe « étrenner » dans le texte (l. 148-149) ? Recherchez l'origine latine du mot et ses diverses significations.

b. Quel est aujourd'hui le sens du mot « étrenne », souvent au pluriel ?

S'exprimer

Rédiger un dialogue

10 Vous voulez obtenir un cadeau de vos parents (ou d'une autre personne qui vous est chère). Ils pensent que ce serait une dépense excessive et superflue. Comment tenterez-vous de les convaincre : en les attendrissant sur vous-même ? en les faisant parler de leur jeunesse ? en argumentant ?…

Rédigez un court dialogue théâtral.

11 Rédigez le dialogue d'un vendeur et d'un acheteur au cours d'une scène de marchandage, au marché ou lors d'un séjour à l'étranger.

Mettre en scène

12 Étudiez d'une manière attentive tous les mouvements que doit faire Pathelin au début de la scène jusqu'à la ligne 34, en vous appuyant uniquement sur le texte. Précisez l'emplacement de chaque acteur par rapport aux éléments du décor.

Essayez de jouer la scène en réduisant les répliques au minimum.

13 Faites la liste des objets nécessaires pour jouer toute la scène.

Se documenter

Riches marchands et hommes de loi

Au XVe siècle, les riches marchands prennent dans la société une place de plus en plus grande. La corporation des drapiers est une des plus puissantes : le vêtement a une grande importance à cette époque. C'est parmi les drapiers qu'on recrute les maires et les échevins, magistrats qui participent au gouvernement des villes. Malgré une réglementation sévère, les marchands ne sont pas toujours honnêtes. Ils font passer une étoffe pour une autre, trichent sur la qualité et le prix, étirent le drap en le mesurant. Aussi, quand un désaccord éclate entre eux et leurs clients, on a recours à des tribunaux composés d'experts qui connaissent bien les pratiques commerciales. Ces experts étaient souvent d'anciens marchands qui entraient dans la magistrature et devenaient des hommes de loi.

Robert DELORT, *La Vie au Moyen Âge*,
éd. du Seuil, « Points-Histoire », 1982.

14 Qu'avez-vous appris dans ce texte sur les mœurs et coutumes des marchands du XVe siècle ? sur la façon dont se pratiquent les ventes ?

Les foires

Généralement, un cycle de foires dans la même région permet des affaires quasi continues ; ainsi en Flandre pour la laine et les draps ; [...] en Champagne surtout [...] ou encore, tout près de Paris, au Lendit, à côté de Saint-Denis.
Chaque foire dure de 2 à 3 semaines au moins : les marchands passent 8 jours à déballer la marchandise, louer les étaux ; puis ont lieu les ventes, pendant plusieurs jours [...]. La foire du Lendit a lieu entre la Saint-Barnabé et la Saint-Jean, en juin ; elle s'est greffée sur une fête religieuse commémorant la remise des reliques à l'abbaye de Saint-Denis. Pour la préparer, des marchands de Paris, dès le début de mai, vont trouver l'abbé ou le prieur, ou un représentant de Saint-Denis, pour discuter

des emplacements ; puis a lieu l'inauguration solennelle, au cours d'une cérémonie présidée par l'évêque de Paris venu en procession depuis Notre-Dame bénir les marchands. Il y a des tentes, des boutiques volantes, des étaux fixes, ouverts pour la circonstance un peu partout, dessinant ou marquant des rues ; la répartition se fait suivant les spécialités ; ici, les vendeurs d'outils, de faux, de faucilles, de haches, de cognées ; là, le commerce de l'alimentation ; plus loin, les marchands drapiers, ceux de toile, les merciers et les draps d'or et de soie ; par-dessus tout, les spécialistes des peaux, cuirs ou fourrures, les grands pelletiers[1] qui habillent les riches et les nobles, les parcheminiers qui vendent aux écoliers et aux clercs, les cordouaniers[2], les tanneurs, les selliers, les savetiers, etc. Sont très fréquentés les tavernes ambulantes, les tentes abritant des débits de boissons et aussi les sièges des riches prêteurs, les Lombards.

Robert DELORT, *La Vie au Moyen Âge*,
éd. du Seuil, « Points-Histoire », 1982.

15 **a.** Cherchez des documents, miniatures ou gravures, sur les boutiques et les étals (ou étaux) au Moyen Âge.
b. En vous inspirant de ces documents, brossez le décor de la boutique de Guillaume.

---

1. Personne qui prépare, travaille ou vend des fourrures.

2. Ouvrier qui prépare le cuir appelé *cordouan*, originaire de Cordoue.

Scène 3
Chez Pathelin

PATHELIN. – Alors, j'en ai ?

GUILLEMETTE. – De quoi ?

PATHELIN. – Qu'est devenue votre vieille robe, celle qui était à la mode… il y a cent ans ?

5 GUILLEMETTE. – C'est bien la peine d'en parler ! Qu'est-ce que vous voulez en faire ?

PATHELIN. – Rien. Rien du tout. Alors, est-ce que j'en ai ? Je vous l'avais bien dit. *(Il découvre le drap.)* Et ça, est-ce que c'est du drap ?

10 GUILLEMETTE. – Mon Dieu ! c'est sûr que vous l'avez eu en trompant un de vos clients… Qu'est-ce que c'est encore que cette histoire ? Mon Dieu, qui va le payer ?

PATHELIN. – Vous voulez savoir qui ?… Eh bien, il est déjà payé. Ma chère, le marchand qui me l'a vendu n'est pas fou.

15 Que je sois pendu s'il n'est saigné à blanc comme un poulet qu'on égorge. Je l'ai bien eu, l'affreux !

GUILLEMETTE. – Combien est-ce que cela coûte ?

PATHELIN. – Je ne dois rien, il est payé. Ne vous en faites pas.

GUILLEMETTE. – Vous n'aviez pas un sou. Il est payé ? Et en
20 quelle monnaie ?

PATHELIN. – Palsambleu, Madame, j'en avais, de la monnaie. J'avais un parisis[1].

GUILLEMETTE. – C'est du joli… Une obligation ou un billet[2] auront fait l'affaire. Mais oui, voilà comment les choses se
25 sont passées, et le jour de l'échéance[3], on viendra, on nous saisira, on nous prendra toutes nos affaires.

---

1. Monnaie de Paris utilisée en Normandie.
2. Lettre dans laquelle on s'engage à rembourser une somme prêtée à une date donnée.
3. Date à laquelle le paiement sera exigé.

PATHELIN. – En vérité, il ne m'en a coûté qu'un denier, un denier pour le tout.

GUILLEMETTE. – Jésus Marie ! un denier ! Ça n'est pas possible.

30 PATHELIN. – Je vous donne ma tête à couper qu'il n'en a pas obtenu davantage. Il n'en obtiendra jamais plus, même s'il nous chante toutes ses chansons.

GUILLEMETTE. – Qui est-ce ?

PATHELIN. – Un certain Guillaume, Joceaulme de son nom
35 de famille, puisque vous tenez à le savoir.

GUILLEMETTE. – Mais comment avez-vous fait pour l'avoir avec ce denier ? Comment vous y êtes-vous pris ?

PATHELIN. – Le coup du denier à Dieu[4]. Et encore, si j'avais seulement posé la main sur le pot de vin[5] et dit « marché
40 conclu », rien qu'à cause de ces mots-là, j'aurais gardé mon denier. Ce n'est pas du beau travail, ça ? Dieu et lui se le partageront, mon denier, s'ils en veulent ! Et c'est tout ce qu'ils auront. Ils pourront bien se démener, leurs beaux chants et leurs cris n'y feront rien.

45 GUILLEMETTE. – Comment a-t-il pu vous le vendre à crédit, lui qui est si dur en affaires ?

PATHELIN. – Eh bien, je vous l'ai accommodé à telle sauce de louange et de flatterie qu'il m'en a presque fait cadeau. Je lui disais que son défunt père était un homme d'une valeur…
50 Je lui disais : « Vraiment, mon ami, vous avez de qui tenir. » Je lui disais : « Vous descendez d'une lignée[6]… la meilleure du pays, la plus digne d'éloges… » À vrai dire, c'est d'une famille de canailles qu'il sort, des gens de rien, la pire engeance[7] du royaume. Je lui disais : « Guillaume, mon bon ami, vous
55 ressemblez tout à fait à votre brave homme de père, de corps et de visage. » Je n'en finissais plus de lui tresser des couronnes

---

4. Voir scène 2, note 6, p. 19.
5. Ce geste indique que le marché est conclu. Cela explique pourquoi Guillaume

se plaint de trop boire (voir p. 21).
6. Descendance.
7. Personnes méprisables.

et j'entrelardais le tout de compliments sur ses draps. J'ajoutais :
« Et dire que votre père vendait sa marchandise à crédit, avec
tant de gentillesse. Et vous, vous êtes son portrait tout craché. »
60 Pourtant, on leur aurait arraché toutes leurs dents, à ce
marsouin de père et à son babouin de fils, plutôt qu'une bonne
parole, encore moins un prêt. Mais enfin, j'ai tant parlé, je
me suis si bien démené, qu'il m'en a prêté six aunes.

GUILLEMETTE. – Prêtées et jamais rendues, évidemment !

65 PATHELIN. – Voilà comme il faut le comprendre. Rendues ?
C'est le diable qu'on lui rendra !

GUILLEMETTE. – Ça me rappelle la fable du corbeau[8]. Il était
perché sur une croix haute de cinq ou six toises[9], tenant un
fromage en son bec. Là-dessus arrive un renard ; il voit le
70 fromage. Il réfléchit : « Comment faire pour l'avoir ? » Alors
il s'installe en dessous du corbeau. « Ah, fait-il, comme tu es
beau ! Comme ton chant est mélodieux ! » Le corbeau, enten-
dant vanter sa voix, de sottise ouvre le bec pour chanter :
son fromage tombe par terre et Maître Renard, à belles dents,
75 vous le happe et vous l'emporte. C'est exactement la même
chose pour ce drap. Vous l'avez eu à force de flatteries, grâce
à vos belles paroles. Comme Renard pour le fromage, vous
l'avez obtenu par vos grimaces.

PATHELIN. – Il doit venir manger de l'oie. Voici ce que nous
80 allons faire. Je suis sûr qu'il viendra bramer pour réclamer
son argent sur-le-champ. J'ai eu une bonne idée pour arranger
les choses. Je vais me coucher comme si j'étais malade, et
quand il viendra, vous direz : « Hé, parlez bas… » Vous gémirez
en faisant une triste mine. Vous direz : « Hélas ! voici deux
85 mois, voici six semaines qu'il est malade. » Et s'il vous répond :
« Ce sont des balivernes ! Il vient de me quitter à l'instant »,

---

8. Les fables avaient beaucoup de succès au Moyen Âge.

9. Ancienne mesure de longueur, de 1,90 m environ.

vous ferez : « Hélas ! ce n'est pas le moment de plaisanter. »
Et puis laissez-moi faire, je lui jouerai un air de ma façon :
c'est tout ce qu'il obtiendra de moi.

90 GUILLEMETTE. – Je vous jure que je saurai bien jouer mon
rôle. Mais si vous retombez dans les mains de la justice, j'ai
peur que ce soit deux fois pire que l'autre jour.

PATHELIN. – La paix ! Je sais ce que je fais. Il faut agir comme
je vous l'ai dit.

95 GUILLEMETTE. – Je vous en prie, souvenez-vous de ce samedi,
où l'on vous a mis au pilori[10]. Vous savez bien qu'ils vous ont
tous accusé de n'être qu'un fourbe.

PATHELIN. – Taisez-vous, cessez de bavarder. Il va venir et
nous ne prenons pas garde à l'heure. Il faut que nous conser-
100 vions ce drap. Je vais me coucher.

GUILLEMETTE. – Allez-y donc.

PATHELIN. – N'allez pas rire, surtout.

GUILLEMETTE. – Bien sûr que non. Je pleurerai à chaudes
larmes.

105 PATHELIN. – Il nous faut tenir bon, tous les deux, pour qu'il
ne s'aperçoive de rien.

Scène 4
Chez le drapier

GUILLAUME. – Bon. C'est le moment de boire un coup avant
de partir. Mais non, voyons ! Puisque je vais boire chez Maître
Pierre Pathelin… Manger de l'oie… Recevoir mon argent…
110 Ça sera toujours ça de pris, et sans bourse délier. Allons, je
ne vais plus rien vendre. En avant.

---

10. Plate-forme où l'on attachait le coupable exposé à la vue de la foule.

Questions

Repérer et analyser

Le lieu

1 Dans quel lieu chacune des scènes se déroule-t-elle ?

La progression du dialogue

2 «Alors, j'en ai ?» (l. 1) : à quoi le pronom «en» renvoie-t-il ? Justifiez votre réponse.

3 Quelle est la réaction de Guillemette aux propos de son mari au début de la scène (l. 1 à 26) ?

4 Relisez les lignes 47 à 63.

a. Quelle est la fonction des guillemets dans cette réplique ?

b. Quelle scène Pathelin rapporte-t-il ? la rapporte-t-il exactement ? Justifiez votre réponse.

c. Quelle image donne-t-il de lui ? et de Guillaume ?

5 Pour quelle raison Guillemette compare-t-elle son mari au renard de la fable ? Appuyez-vous sur un passage précis.

Les relations entre les personnages

6 Comparez le comportement de Guillemette vis-à-vis de son mari au début et à la fin de la scène. Pour répondre, appuyez-vous sur le pronom personnel de la première personne du pluriel dans les lignes 98 à 106 et dites par quelle expression ce pronom est renforcé dans la dernière phrase de la scène 3. Quel sentiment l'emploi de ce pronom traduit-il ?

Le comique

Le théâtre dans le théâtre

Il arrive qu'au théâtre les personnages jouent eux-mêmes un rôle, transformant l'espace scénique en théâtre.

7 **a.** Quelle mise en scène Pathelin organise-t-il ? En quoi se transforme-t-il en véritable homme de théâtre ? Pour répondre, relevez quelques-unes des consignes qu'il donne à sa femme.

b. Dans quelle intention Pathelin se livre-t-il à ce jeu ?

8 À quel moment, dans cette scène, fait-il preuve de réelles qualités de comédien ?

Le comique de mots et de situation

9 **a.** Dans cette scène, Pathelin fait-il de Guillaume un portrait péjoratif ou mélioratif ? À qui s'adresse-t-il ?

b. Comparez le portrait qu'il en faisait dans la scène précédente. À qui s'adressait-il ? En quoi cette comparaison est-elle comique ?

10 Les comparaisons et les métaphores

> La comparaison met en relation deux éléments à l'aide d'un outil de comparaison (comme, ressembler à, tel que). La métaphore rapproche aussi deux éléments mais sans outil de comparaison. Exemple : « son teint est blanc comme le lys » (comparaison) ; « elle a un teint de lys » (métaphore).

Relevez dans les lignes 13 à 63 une comparaison et plusieurs métaphores par lesquelles Pathelin parle de Guillaume. Quel est l'effet produit ?

L'action

11 **a.** En quoi les scènes 3 et 4 consistent-elles ? Font-elles avancer l'action ?

b. À quelle suite le spectateur peut-il s'attendre ?

Étudier la langue

12 **a.** Quel est le sens du verbe « saisir » (l. 26) ?

b. Quels sont ses autres sens lorsqu'il est employé avec un complément d'objet direct ?

c. Relevez un synonyme de ce verbe dans la fable du corbeau et du renard dite par Guillemette (l. 67 à 78).

S'exprimer

Transposer du style indirect au style direct

13 Récrivez la phrase des lignes 48-49 (« Je lui disais… valeur ») au style direct. Vous commencerez par : « Je lui disais : … ». Quelles modifications avez-vous effectuées ?

Écrire une scène

14 Guillaume rencontre un ami. Il se donne le beau rôle en lui racontant comment il a réussi à berner Pathelin. Il lui dresse un portrait péjoratif de Pathelin (comme Pathelin en a dressé un de lui) en soulignant d'une manière plaisante ses défauts. Écrivez la scène.

Se documenter

Le pilori

Comme le lui rappelle Guillemette, Pathelin a déjà eu maille à partir avec la justice et a été condamné au pilori. Au Moyen Âge, le pilori est une punition infligée aux voleurs et aux fourbes. Ils sont attachés à une roue fixée sur une plate-forme en haut d'un pilier : la roue est actionnée de façon à ce que le condamné puisse être vu de toute la foule. Le pilori se trouvait exposé sur la place publique.

Voici comment Victor Hugo, dans *Notre-Dame de Paris* (1831), narre le supplice de Quasimodo, le pauvre sonneur de cloches de la cathédrale.

(La) populace[1], disciplinée à l'attente des exécutions publiques, ne manifestait pas trop d'impatience. Elle se divertissait à regarder le pilori, espèce de monument fort simple composé d'un cube de maçonnerie de quelque dix pieds de haut, creux à l'intérieur. Un degré fort roide en pierre brute qu'on appelait par excellence l'échelle conduisait à la plate-forme supérieure, sur laquelle on apercevait une roue horizontale en bois de chêne plein. On liait le patient sur cette roue, à genoux et les bras derrière le dos. Une tige en charpente, que mettait en mouvement un cabestan[2] caché dans l'intérieur du petit édifice, imprimait une rotation à la roue, toujours maintenue dans le plan horizontal, et présentait de cette façon la face du condamné successivement à tous les points de la place. C'est ce qu'on appelait tourner un criminel. [...]

---

1. La foule, dans un sens péjoratif.
2. Treuil à axe vertical autour duquel s'enroule un câble, qui sert à tirer des fardeaux.

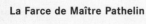

Le patient arriva enfin lié au cul d'une charrette, et quand il eut été hissé sur la plate-forme, quand on put le voir de tous les points de la place ficelé à cordes et à courroies sur la roue du pilori, une huée[3] prodigieuse, mêlée de rires et d'acclamations, éclata dans la place. On avait reconnu Quasimodo. [...]

Bientôt Michel Noiret, trompette-juré du roi notre sire, fit faire silence aux manants[4] et cria l'arrêt, suivant l'ordonnance et commandement de Monsieur le prévôt[5]. Puis il se replia derrière la charrette avec ses gens en hoquetons de livrée[6]. Quasimodo, impassible ne sourcillait pas. Toute résistance lui était rendue impossible par ce qu'on appelait alors, en style de chancellerie criminelle, la véhémence et la fermeté des attaches, ce qui veut dire que les lanières et les chaînettes lui entraient probablement dans la chair. [...]

Il s'était laissé mener et pousser, lier et relier. On ne pouvait rien deviner sur sa physionomie qu'un étonnement de sauvage ou d'idiot. On le savait sourd, on l'eût dit aveugle.

On le mit à genoux sur la planche circulaire, il s'y laissa mettre. On le dépouilla de chemise et de pourpoint[7] jusqu'à la ceinture, il se laissa faire. On l'enchevêtra sous un nouveau système de courroies et d'ardillons[8], il se laissa boucler et ficeler. Seulement de temps à autre il soufflait bruyamment, comme un veau dont la tête pend et ballotte au rebord de la charrette du boucher.

Victor HUGO, *Notre-Dame de Paris* (1831).

Le corbeau et le renard

15 Connaissez-vous d'autres versions de cette fable ? (Pensez au *Roman de Renart*, aux *Fables* de La Fontaine…)

---

3. Clameur de mépris et de moquerie.
4. Paysans. Ici, gens du peuple.
5. Magistrat qui joue le rôle de juge.
6. Vestes de grosse toile portées par les gens de la suite d'un seigneur.
7. Sorte de veste étroitement serrée sur le corps.
8. Pointes de métal dans les boucles des courroies.

Scène 5

Devant, puis dans
la maison de Pathelin

GUILLAUME. – Ohé, Maître Pierre !

GUILLEMETTE, *entrouvrant sa porte*. – Pour l'amour de Dieu, Monsieur, si vous voulez quelque chose, parlez bas.

GUILLAUME. – Dieu vous bénisse, Madame.

5   GUILLEMETTE. – Chut… Plus bas.

GUILLAUME. – Quoi ?

GUILLEMETTE. – Au nom du ciel…

GUILLAUME. – Où est-il ?

GUILLEMETTE. – Hélas ! Où peut-il être ?

10   GUILLAUME. – Qui ?

GUILLEMETTE. – Ah, mon bon maître ! Voilà de méchantes paroles… Où il est ?… Dieu seul le sait… Il demeure où il est, le pauvre martyr, depuis onze semaines qu'il n'a pas bougé.

GUILLAUME. – Mais qui ?

15   GUILLEMETTE. – Excusez-moi. Je n'ose parler fort. Je crois qu'il se repose ; il a fini par s'assoupir. Hélas ! il est comme assommé, le pauvre homme.

GUILLAUME. – Qui ?

GUILLEMETTE. – Maître Pierre.

20   GUILLAUME. – Maître Pierre ? N'est-il pas venu à l'instant chercher six aunes de drap ?

GUILLEMETTE. – Qui ? Lui ?

GUILLAUME. – Mais il en vient, il n'y a pas cinq minutes. Payez-moi. Sapristi ! Vous m'en faites perdre du temps. Allez,

25   sans lanterner davantage, mon argent tout de suite.

GUILLEMETTE. – Eh, dites donc, trêve de plaisanterie ! Ce n'est pas le moment de plaisanter !

GUILLAUME. – Allez, mon argent. Est-ce que vous êtes folle ? Il me faut neuf francs.

30 GUILLEMETTE. – Voyons, Guillaume. Ici, ce n'est pas un asile[1]. Vous avez fini de me débiter vos sornettes[2] ? Allez donc les servir à vos petits amis, et faire le fou avec eux.

GUILLAUME. – Que Dieu me damne si je n'ai pas mes neuf francs.

35 GUILLEMETTE. – Hélas, Monsieur… Tout le monde n'a pas comme vous le cœur à rire et à bavarder.

GUILLAUME. – Je vous en prie, assez de sornettes. Faites-moi venir Maître Pierre, s'il vous plaît.

GUILLEMETTE. – Allez au diable. Ça va durer toute la journée ?

40 GUILLAUME. – Ne suis-je pas ici chez Maître Pierre Pathelin ?

GUILLEMETTE. – Oui. Si seulement vous pouviez tomber sur la tête – votre tête, pas la mienne, Dieu m'en garde ! Parlez bas.

GUILLAUME. – C'est le diable ! Enfin ne pourrai-je me 45 permettre de le faire demander ?

GUILLEMETTE. – Dieu du ciel !… Chut… Plus bas… Si vous ne voulez pas le réveiller.

GUILLAUME. – Comment ça, plus bas ? Où ça ? Au fond de l'oreille ?… Au fond du puits ou à la cave ?…

50 GUILLEMETTE. – Mon Dieu, que vous êtes bavard ! À vrai dire, vous l'avez toujours été.

GUILLAUME. – C'est le diable ! Quand j'y pense… Si vous voulez que je parle bas… Dites donc… Je n'ai pas l'habitude de discussions pareilles. Ce qu'il y a de sûr, c'est qu'au jour 55 d'aujourd'hui Maître Pierre a pris six aunes de drap.

---

1. Bâtiment où étaient enfermés les fous autrefois.   **2.** Absurdités, sottises.

GUILLEMETTE, *élevant la voix*. – Et quoi encore ? Allez-vous continuer toute la journée ? Pas possible, le diable s'en mêle… Voyons, qu'est-ce que ça veut dire « il a pris » ? Ah ! Monsieur, il faudrait les pendre, ceux qui mentent. Il est dans un tel état,
60 le pauvre, qu'il n'a pas quitté le lit depuis onze semaines. Et vous nous amusez avec vos balivernes[3]. Est-ce que c'est raisonnable ? Vous partirez d'ici, au nom du Seigneur, je vous en prie, je suis si malheureuse.

GUILLAUME. – Vous me disiez de parler bas… Eh bien, vous
65 criez.

GUILLEMETTE. – Mon Dieu ! c'est vous qui n'en finissez pas de nous chercher querelle.

GUILLAUME. – Alors, pour que je m'en aille, donnez-moi…

GUILLEMETTE. – Parlez bas ! Compris ?

70 GUILLAUME. – Mais vous-même, vous allez le réveiller : vous parlez dix fois plus fort que moi… Palsambleu[4] ! Je vous somme de me payer.

GUILLEMETTE. – Qu'est-ce que ça signifie ? Vous êtes ivre, ma parole, ou bien cinglé ! Jésus Marie !

75 GUILLAUME. – Ivre ! Le diable vous emporte ! Voilà une belle question !

GUILLEMETTE. – Hélas !… Plus bas.

GUILLAUME. – Enfin quoi… Je vous demande, Madame, pour six aunes, Madame, de drap…

80 GUILLEMETTE, *à part*. – On vous le fabrique, votre drap ! Et à qui l'avez-vous donné ?

GUILLAUME. – À lui-même.

GUILLEMETTE. – Il a bon besoin d'acheter du drap ! Hélas ! Il ne bouge pas. Qu'est-ce qu'il ferait d'une robe… C'est d'une robe
85 blanche[5] qu'il aura besoin, quand il partira d'ici, les pieds devant.

---

3. Propos absurdes, sottises.
4. Juron : par le sang de Dieu.

5. Allusion au linceul dont on enveloppait les morts.

GUILLAUME. – Alors il faut que son mal ait commencé au soleil levant. Car enfin, c'est bien à lui que j'ai parlé.

GUILLEMETTE, *d'une voix perçante.* – Vous avez la voix si forte. Je vous en supplie, parlez plus bas.

90   GUILLAUME. – C'est vous… Vous-même, sacrée bonne femme ! Sapristi ! En voilà des histoires… Si on me payait, je m'en irais tout de suite. Voilà ce que j'ai récolté chaque fois que j'ai fait crédit.

PATHELIN. – Guillemette ! De l'eau de rose ! Redressez-moi.
95   Retapez mes oreillers. Fichtre ! À qui est-ce que je parle ? Le pot à eau ! À boire ! Frottez-moi la plante des pieds.

GUILLAUME. – Là… Je l'entends.

GUILLEMETTE. – Évidemment.

PATHELIN. – Ah, méchante fille, viens ici. Est-ce que je t'ai
100   dit d'ouvrir les fenêtres ? Viens me recouvrir. Des gens tout noirs ! Fais-les partir. Marmara, carimari, carimara. Amenez-les-moi, amenez-les tout de suite.

GUILLEMETTE, *à l'intérieur.* – Qu'est-ce qu'il y a ?… Comme vous vous démenez… Est-ce que vous êtes devenu fou ?

105   PATHELIN. – Tu ne vois pas ce que je sens. *(Il s'agite.)* Voilà un moine noir[6] qui vole. Attrape-le. Passe-lui une étole[7]. Au chat, au chat[8] !… Comme il monte !

GUILLEMETTE. – Mais enfin, qu'est-ce qu'il y a ? Vous n'avez pas honte ? Bon sang, ne remuez pas tant.

110   PATHELIN. – Ce sont les médecins… Ils m'ont tué avec toutes les drogues qu'ils m'ont fait boire… Et pourtant, il faut les croire. Ils nous manient comme des pantins.

GUILLEMETTE, *au drapier.* – Monsieur ! venez le voir… Il est au plus mal.

---

6. Sorcier.
7. Bande d'étoffe que porte le prêtre. On la passait autour du cou des possédés pour chasser les démons.

8. Le chat passait pour un animal diabolique, comme le crapaud (voir p. 44).

115 GUILLAUME. – Il est vraiment malade, depuis ce matin qu'il est revenu de la foire ?

GUILLEMETTE. – De la foire ?

GUILLAUME. – Mais oui, voyons. Je suis sûr qu'il y est allé. Maître Pierre, le drap que je vous ai donné à crédit, il faut me 120 le payer...

PATHELIN, *feignant de prendre le drapier pour un médecin.* – Ah, Maître Jean... J'ai fait deux petites crottes... dures comme pierre... noires, rondes comme des pelotes. Dois-je prendre un autre lavement ?

125 GUILLAUME. – Qu'est-ce que j'en sais, moi ? Je n'en ai rien à faire ! C'est neuf francs qu'il me faut... Neuf francs ou six écus...

PATHELIN. – Ces trois choses-là, pointues et noires, vous appelez ça des pilules ? Elles m'ont abîmé la mâchoire. Je vous en prie, Maître Jean, ne m'en ordonnez plus. Elles m'ont fait 130 tout rendre... Mon Dieu, que c'était amer !

GUILLAUME. – Elles ne vous ont rien fait rendre du tout ; mes neuf francs ne 135 m'ont pas été rendus.

GUILLEMETTE. – Si seulement on pouvait pendre des gens aussi contrariants ! Allez-vous-en, au nom du 140 diable, puisque ça ne sert à rien de vous le demander au nom de Dieu !

GUILLAUME. – Je vous assure que j'aurai mon drap 145 avant de partir, ou mes neuf francs.

PATHELIN. – Et mon urine, elle ne vous dit pas que je vais mourir ? Ah, mon Dieu, même si ça doit durer longtemps, faites que je ne meure pas.

150 GUILLEMETTE, *au drapier.* – Allez-vous-en. Vous n'avez pas honte de lui casser la tête !

GUILLAUME. – Seigneur Dieu ! Six aunes de drap ! Voyons, dites, vous trouvez ça normal que je les perde ?

PATHELIN. – Si vous pouviez me soulager l'intestin, Maître
155 Jean ? Il est si dur et si gonflé que c'est un vrai supplice.

GUILLAUME. – Il me faut mes neuf francs, simplement mes neuf francs.

GUILLEMETTE. – Enfin, vous le tourmentez, cet homme ! Comment pouvez-vous en avoir le cœur ? Vous voyez bien
160 qu'il vous prend pour son médecin. Hélas, le pauvre petit, il est déjà assez malchanceux comme cela : onze semaines sans relâche qu'il est là, le pauvre homme !

GUILLAUME. – Sapristi ! Je ne sais comment cet accident a pu lui arriver : il est venu chez moi aujourd'hui, et même nous
165 avons fait affaire ensemble. Enfin, c'est ce qu'il me semble… À moins que… Je ne comprends pas ce que cela veut dire.

GUILLEMETTE. – Mon Dieu, mon bon Monsieur, votre mémoire est troublée. Si vous voulez m'écouter, allez donc vous reposer un peu. Et puis, de méchantes langues pourraient
170 prétendre que vous venez ici pour moi. Sortez. Les médecins vont arriver d'une minute à l'autre.

GUILLAUME. – Ça m'est égal, que l'on prétende ce que l'on voudra, puisque, moi, je ne pense pas à mal… *(À part.)* Que diable… En suis-je là ? *(À Guillemette.)* Enfin, je croyais…

175 GUILLEMETTE. – Encore ?

GUILLAUME. – Mais vous n'avez pas d'oie au feu ?

GUILLEMETTE. – En voilà une question ! Ce n'est pas de la nourriture pour un malade. Allez vous régaler de votre oie

sans nous régaler de vos grimaces. À la fin, vous êtes trop
180 sans-gêne…

GUILLAUME. – Je vous en prie, ne m'en veuillez pas… Je
croyais vraiment…

GUILLEMETTE. – Encore !

GUILLAUME. – Bon sang !… Adieu.

185 GUILLAUME, *à part, devant la maison*. – Diable ! Maintenant,
je vais savoir. Je sais bien que je dois avoir six aunes de drap
d'une seule pièce… Mais cette femme m'embrouille complètement les idées. Il les a eues, cependant… Mais non… Diable !
Les faits ne concordent pas : j'ai vu la Mort à son chevet, ou
190 alors il joue la comédie. Et pourtant si ! il les a prises, il les a
bien prises et mises sous son bras… Jésus Marie… Sainte Vierge,
Mère de Dieu, aidez-moi… Mais non… Je ne sais pas si je rêve.
Je n'ai pourtant pas l'habitude de donner mes draps, que je
dorme ou que je veille ! À personne, pas même à mon meilleur
195 ami, je ne les aurais donnés à crédit… Palsambleu ! il les a
eus ! Ventre-Saint-Gris ! il ne les a pas eus… J'en suis sûr. Non,
il ne les a pas eus. Mais où en étais-je ? Mais si, il les a… Sainte
Vierge, que je sois pendu si je sais qui a la meilleure part, d'eux
ou de moi… Je n'y comprends goutte… *(Il part.)*

200 PATHELIN, *bas*. – Il est parti ?

GUILLEMETTE, *bas*. – Taisez-vous. J'écoute. Je ne sais pas
ce qu'il marmonne… Il part en grommelant si fort qu'on croirait qu'il rêve tout haut.

PATHELIN. – Je peux bien me lever, maintenant. On peut dire
205 qu'il est arrivé à point.

GUILLEMETTE. – Je me demande s'il ne va pas revenir.
(Pathelin veut se lever.) Non, bon sang ! pas encore. Tous nos
efforts seraient perdus s'il vous trouvait debout.

PATHELIN. – En tout cas, il est tombé dans le panneau, lui
210 qui est si méfiant… D'être refait, ça lui va comme un gant !

GUILLEMETTE. – Il n'a pas marché, il a couru, l'affreux !…
Sapristi ! Et dire qu'il n'a jamais fait l'aumône le dimanche !
(Elle rit.)

PATHELIN. – Voyons, cessez de rire. S'il revenait, ça pourrait
215 tourner mal. Je suis certain qu'il va revenir.

GUILLEMETTE. – Ma foi, que ceux qui peuvent s'empêcher
de rire s'en empêchent. Moi, je ne peux pas…

GUILLAUME, *devant son étal.* – Eh bien, je le jure, j'y retournerai, quoi qu'on en dise, je retournerai chez cet avocat d'eau
220 douce… Mon Dieu… En voilà un qui sait bien racheter les
rentes que ses parents, ou ses parentes, ont vendues … J'en
suis sûr, il a mon drap, le voyou… Je le lui ai remis ici même.

GUILLEMETTE. – Quand je me souviens des grimaces qu'il
faisait en vous regardant… Je ne peux pas m'empêcher de
225 rire… Il mettait tant de cœur à réclamer… *(Elle rit.)*

PATHELIN. – Allons, ça suffit, sotte. Si par hasard on vous
entendait, nous n'aurions plus qu'à nous enfuir… Il n'est pas
commode, le monsieur.

GUILLAUME, *dans la rue.* – Ce soiffard d'avocat au rabais, il
230 tient les gens pour des imbéciles… Il mérite d'être pendu, aussi
bien qu'un hérétique[9]. Il a mon drap, jarnidieu ! Il m'a roulé.
(Il revient chez Pathelin.)
Holà ! Où êtes-vous terrée ?

GUILLEMETTE. – Ça y est ! Il m'a entendue !

235 PATHELIN, *bas.*– Je vais faire semblant de délirer. Allez ouvrir.

GUILLEMETTE, *ouvrant la porte.* – Comme vous criez !

GUILLAUME. – Sapristi ! Vous riez ? Allons, mon argent !

GUILLEMETTE. – Mon Dieu ! Savez-vous de quoi je ris ? Il
n'y a pas plus triste à la fête. Il se meurt. Jamais vous n'avez
240 vu un ouragan, une frénésie pareille. Il est encore en plein

---

9. Homme dont la religion s'écarte de la religion catholique
considérée comme seule vraie. On pendait ou on brûlait les hérétiques.

délire. Il divague, il chante, il baragouine ; il barbouille en
toutes sortes de langues. Il n'en a pas pour une demi-heure.
Et moi, je ris et je pleure à la fois.

245 GUILLAUME. – Je me moque de vos rires et de vos pleurs.
Tout ce que j'ai à vous dire, c'est que je dois être payé.

GUILLEMETTE. – Payé de quoi ? Vous n'êtes pas bien ? Voilà
que vous recommencez vos sottises.

GUILLAUME. – Je n'ai pas l'habitude d'être payé en paroles
quand je vends du drap. Vous voulez me faire prendre des
250 vessies pour des lanternes[10].

PATHELIN, *en apercevant Guillaume.* –Vite, debout ! Voici
la reine des cloches ! Qu'on la fasse entrer tout de suite. Je
sais qu'elle vient de mettre au monde vingt-quatre jolies
clochettes... Allons au baptême, je veux être son compère.

255 GUILLEMETTE. – Hélas, mon ami, c'est à Dieu qu'il faut
penser, pas aux cloches.

GUILLAUME. – En voilà des conteurs de contes à dormir
debout ! Allons, vite, payez-moi, en or ou en monnaie, le drap
que vous m'avez pris.

260 GUILLEMETTE. – Enfin, ça ne vous suffit pas de vous être
trompé une fois ?

GUILLAUME. – Savez-vous de quoi il s'agit, chère Madame ?...
Eh bien... Je ne sais quelle erreur... Mais quoi !... Mon drap
me sera rendu, ou bien vous serez pendus... Quel tort est-ce
265 que je vous fais en venant réclamer mon dû ? Au nom du ciel...

GUILLEMETTE. – Hélas... Comme vous torturez cet
homme... Je vois bien à votre visage que vous n'êtes pas dans
votre bon sens. Pauvre malheureuse que je suis, si seulement
je trouvais de l'aide, je vous ligoterais. Vous êtes complète-
270 ment fou.

| **10.** Faire croire des choses qui ne sont pas vraies.

GUILLAUME. – C'est de ne pas avoir mon argent qui me rend enragé.

GUILLEMETTE. – Ah, quelle bêtise ! Signez-vous. Soyez béni, mon Dieu. *(Elle fait sur lui le signe de la croix.)* Faites le signe
275 de la croix[11].

GUILLAUME. – Dieu me damne si je donne encore du drap à crédit ! *(Pathelin s'agite.)* En voilà un malade !

PATHELIN

Mère de Dieu, la coronade,
Par ma bye, y m'en vuol anar,
280 Or regni biou, oultre la mar !
Ventre de Diou ! z'ens dis gigone !
Çastuy ça rible et res ne done.
Ne carrilaine ! fuy ta none !
Que de l'argent il ne me sone[12] !

285 *(Au drapier.)* Eh bien, mon cousin, vous avez entendu ?

GUILLEMETTE, *au drapier*. – Son oncle était du Limousin, un frère de sa tante par alliance. Je suis sûre que c'est pour ça qu'il jargonne en limousin.

GUILLAUME. – Pourtant il est parti en tapinois[13] de chez moi,
290 le drap sous le bras.

PATHELIN, *à Guillemette*. – Venez-vous-en, belle demoiselle[14]. Et que nous veut ce tas de crapauds ? Arrière, bouseux !

Sa ! tost ! je veuil devenir prestre.
Or sa ! Que le dyable y puist estre,
295 En chelle vielle presterie !
Et faut il que le prestre rie
Quant il dëust chanter sa messe ?

---

11. Pour éloigner le démon dont Guillaume serait possédé, selon Guillemette.
12. Pathelin délire. Il s'exprime en différents dialectes et débite des propos grossiers et incohérents, dans la veine de la farce.

13. Sans se faire remarquer, en cachette.
14. Ce titre ne se donnait qu'aux femmes nobles, mariées ou non.

GUILLEMETTE. – Mon Dieu… L'heure approche où il lui faudra recevoir les derniers sacrements[15].

300 GUILLAUME. – Mais comment se fait-il qu'il parle si bien picard ? D'où lui vient cette fantaisie ?

GUILLEMETTE. – Sa mère était picarde. Alors maintenant il parle picard.

PATHELIN, *au drapier*

Dont viens tu, caresme prenant ?
305 Vuacarme, liefe gode man ;
etlbelic beq igluhe golan ;
Henrien, Henrien, conselapen ;
ych salgneb nede que maignen ;
grile grile, scohehonden ;
310 zilop zilop en mon que bouden ;
disticlien unen desen versen ;
mat groet festal ou truit denhersen ;
en vuacte vuile, comme trie !
Cha ! a dringuer ! je vous en prie ;
315 quoy act semigot yaue,
et qu'on m'y mette ung peu d'ëaue !
vuste vuille, pour le frimas ;
faictes venir sire Thomas
tantost, qui me confessera[16].

320 GUILLAUME. – Qu'est-ce que ça veut dire, tout ça ? Il va continuer longtemps à parler des langages aussi bizarres ? Si seulement il me donnait un gage[17], ou mon argent, je m'en irais tout de suite.

GUILLEMETTE. – Ô Seigneur Jésus ! J'en ai assez. Vous êtes 325 un homme vraiment bizarre. Qu'est-ce que vous voulez donc ? Comment se fait-il que vous soyez tellement obstiné ?

---

15. Cérémonie religieuse au cours de laquelle le sacrement de l'extrême-onction est administré par le prêtre au mourant.
16. Patois flamand peu courant que

Guillaume ne connaît pas et qu'il trouve bizarre.
17. Un bien ou un objet de valeur remis en garantie d'une dette.

PATHELIN

Or cha ! Renouart au tiné !
Bé dea, que ma couille est pelouse !
El semble une cate pelouse,
330   ou a une mousque a mïel.
Bé ! parlez a moy, Gabrïel.

(Il s'agite.)
Les play's Dieu ! Qu'esse qui s'ataque
a men cul ? Esse ou une vaque,
335   une mousque, ou ung escarbot ?
Bé dea ! j'é le mau saint Garbot !
Suis je des foureux de Baieux ?
Jehan du Quemin sera joyeulz,
mais qu'i' sache que je le see.
340   Bee ! par saint Miquiel je beree
voulentiers a luy une fes !

GUILLAUME. – Comment peut-il parler autant et résister à
un tel effort ? Ah ! il devient fou !

GUILLEMETTE. – Son maître d'école était normand : il se
345   souvient de lui. C'est que la fin s'approche. Il meurt !

GUILLAUME. – Seigneur ! Je n'ai jamais été mêlé à une histoire
pareille. Je ne me serais jamais douté qu'il n'était pas allé à
la foire aujourd'hui.

GUILLEMETTE. – Vous y croyez ?

350   GUILLAUME. – Ma foi, oui… Pourtant je constate le contraire.

PATHELIN, *faisant mine d'écouter.* – C'est-y un âne que j'en-
tendions braire ? *(Au drapier.)* Qu'il déguerpisse… Mon bon
cousin, ils seront en grand émoi le jour où je ne te verrai pas.
Il est convenable que je te haïsse. Car grande tromperie tu
355   m'as faite…

Ha oul danda oul en ravezie
corfha en euf [18].

| 18. Ce patois, peu connu à l'époque, paraît encore plus bizarre à Guillaume.

GUILLEMETTE, *à Pathelin.* – Que Dieu vous protège !

PATHELIN

Huis oz bez ou dronc nos badou
360   digaut an tan en bol madou
empedif dich guicebnuan
quez queuient ob dre douch aman
men ez cahet hoz bouzelou
eny obet grande canou
365   maz rehet crux dan bol con
so ol oz merueil grant nacon
aluzen archet epysy
har cals amour ha courteisy.

GUILLAUME, *à Guillemette.* – Pour l'amour du ciel, occupez-
370 vous de lui. Il s'en va. Comme il gargouille. Qu'est-ce qu'il
peut bien raconter ? Il marmonne, il marmotte, il bafouille,
il barbouille… On n'y comprend rien. Ce n'est pas langage
de chrétien, il n'a plus rien d'humain.

GUILLEMETTE. – La mère de son père était originaire de
375 Bretagne… Il se meurt. C'est la preuve qu'il lui faut les derniers
sacrements.

PATHELIN, *au drapier*

Hé, par saint Gigon, tu te mens.
Voit a Deu ! couille de Lorraine !
Dieu te mette en bote sepmaine !
380   Tu ne vaulx mie une vielz nate ;
va, sanglante bote savate ;
va foutre ! va, sanglant paillart !
Tu me refais trop le gaillart.
Par la mort bieu ! Sa ! vien t'en boire,
385   et baille moy stan grain de poire,
car vrayment je le mangera
et, par saint George, je bura

a ty. Que veulx tu que je die ?
Dy, viens tu nient de Picardie ?
390 jaques nient se sont ebobis ?
Et bona dies sit vobis[19],
magister amantissime,
pater reverendissime.
Quomodo brulis ? Que nova ?
395 Parisius non sunt ova ;
quid petit ille mercator ?
Dicat sibi quod trufator,
ille qui in lecto jacet,
vult ei dare, si placet,
400 de oca ad comedendum.
Si sit bona ad edendum,
pete tibi sine mora[20].

GUILLEMETTE. – Ma foi, il mourra en discourant… Et il parle latin. Vous voyez comme il vénère la divinité ? Sa vie s'en va…
405 Et moi je resterai pauvre et désolée…

GUILLAUME. – Il vaudrait mieux que je parte avant qu'il ne meure. J'ai peur qu'il ne veuille pas, devant moi, vous confier ses secrets, s'il en a… Pardonnez-moi. J'étais persuadé qu'il avait pris mon drap, je vous assure. Adieu, Madame. Pour
410 l'amour du ciel, pardonnez-moi.

GUILLEMETTE. – Que Dieu vous bénisse et me bénisse aussi, pauvre malheureuse !

GUILLAUME, *seul*. – Vraiment, de ma vie, je n'ai été aussi ahuri. C'est le diable qui a pris sa place et qui a emporté
415 mon drap pour me tenter. Mon Dieu ! Pourvu qu'il ne me fasse pas de mal ! Puisque c'est comme ça, mon drap, je le donne à celui qui me l'a pris. C'est pour l'amour de Dieu.

---

19. Patois lorrain, des lignes 377 à 391.
20. Pour finir, Pathelin s'exprime en latin et conte malicieusement à Guillaume, qui ignore le latin, sa propre mésaventure :

« … Que demande ce marchand ? Il nous dit que le fourbe, celui qui est couché dans son lit, veut lui donner à manger de l'oie, s'il vous plait ! à dîner »

PATHELIN, *sautant au bas du lit.* – En avant… Alors, elle était bonne, la leçon que je vous ai donnée ?… Il s'en va, notre
420 beau Guillaume. Noble chevalier, sous son heaume[21]… Quelle pauvre cervelle ! Il tient de piètres raisonnements. Les belles visions qu'il va avoir, cette nuit, quand il sera couché !

GUILLEMETTE. – Ma foi, nous l'avons mouché ! J'ai bien joué mon rôle, n'est-ce pas ?

425 PATHELIN. – C'est Vrai ! Vous avez fait du bon travail. Enfin nous avons obtenu assez de drap pour avoir des robes neuves…

| **21.** Casque de chevalier.

Questions

Repérer et analyser

Le lieu

1 Au Moyen Âge, plusieurs lieux sont représentés à la fois sur scène (voir l'introduction, p. 5). Repérez les différents lieux dans lesquels se déroule cette scène, en vous appuyant soit sur les didascalies, soit sur le texte lui-même.

La structure et la progression de la scène

2 **a.** Quels sont les deux grands moments de cette scène ? Délimitez-en les lignes. Que se passe-t-il entre ces deux moments ?
b. Dans quelle partie de la scène Pathelin semble-t-il le plus malade ?

3 **a.** Que vient chercher Guillaume au début de la scène ? À quoi se heurte-t-il ?
b. Quel rôle Guillemette joue-t-elle ? Le joue-t-elle bien ? De quelles qualités fait-elle preuve ?
c. Pour quelle raison Pathelin se décide-t-il à intervenir (lignes 94 et suivantes) ?

4 **a.** Pour quelles raisons Guillaume se décide-t-il à partir (l. 184) ?
b. Pourquoi change-t-il d'avis quand il retourne dans sa boutique (l. 218 à 222 et 229 à 231) ?
c. Quel est son état d'esprit à la fin de la scène (l. 413 à 417) ? Appuyez-vous sur des expressions précises. Que craint-il ?
d. Quelle décision prend-il au sujet de son drap ?

Le comique de situation

5 En quoi la situation est-elle comique ? Justifiez votre réponse.

Le comique de mots

Les répétitions

6 **a.** Quelle recommandation Guillemette fait-elle à Guillaume (l. 2 à 89) pour l'empêcher de parler fort ? Comptez combien de fois elle la répète.

b. Suit-elle elle-même cette recommandation ? Quel est l'effet produit sur le spectateur par ce comportement ?

Les expressions à double sens

7 Relevez dans les lignes 28 à 32, 46 à 49, 129 à 135 les mots prononcés par un personnage puis repris par un autre dans un sens différent. Quel est l'effet produit ?

8 Relevez les phrases à double sens par lesquelles Pathelin, dans son délire, se moque du drapier (l. 251 à 254, l. 351-352), et en latin (l. 391 à 402).

9 Quels sont les différents langages utilisés par Pathelin ? Quel est l'effet produit sur les spectateurs du XVᵉ siècle, sachant que ces spectateurs comprenaient la plupart de ces langages, excepté le flamand et le breton ?

La satire

10 Dans la première partie de la scène, quelles critiques Pathelin, feignant de prendre le drapier pour un docteur, adresse-t-il aux médecins (l. 110 à 155) ?

S'exprimer

11 Un étranger dans la ville cherche son chemin et s'adresse à vous dans sa langue. Vous avez tous deux beaucoup de mal à vous comprendre. Reproduisez votre dialogue.

Mettre en scène

12 Dessinez le plan de la scène, en tenant compte des différents lieux. À l'aide de flèches de différentes couleurs, imaginez les déplacements des uns et des autres, du début jusqu'à la ligne 184.

13 Lisez à deux le début de la scène jusqu'à la ligne 77, en tirant le maximum d'effet du « plus bas » de Guillemette.

14 Mimez le retour de Guillaume dans sa boutique (l. 185 à 199 et l. 218 à 222), sans parler, mais en essayant de faire comprendre les paroles du texte par vos mimiques.

Se documenter

Le thème de la mort

Dans cette scène, Pathelin fait semblant de mourir, Guillemette fait semblant de l'assister, elle trace le signe de la croix, parle des derniers sacrements. C'est une imitation insolente et joyeuse de la mort du chrétien, une parodie.

Au XVe siècle, après une période de guerre et de dévastation, la mort est partout présente dans les esprits, dans les livres, au théâtre, dans les arts. C'est l'époque des *Danses macabres* : elles décorent les murs des cimetières et des églises et déroulent leurs rondes d'hommes et de femmes de tous âges, de tous milieux, entraînés par de remuants squelettes.

C'est l'époque où écrire son testament en dictant ses dernières volontés, de façon plaisante, parfois saugrenue, est devenu un genre littéraire, comme en témoigne le poète François Villon.

Danse macabre (XVe siècle). Église de la Chaise-Dieu.

Le testament de Pathelin

Un auteur comique de cette époque a imaginé une suite à la *Farce de Maître Pathelin*, intitulée le *Testament de Pathelin*. En voici un extrait.

Maître Pierre, devenu vieux, tombe malade et en présence de sa femme et de son curé, Messire Jehan, fait son testament. Il a gardé le même esprit vif, toujours prêt à se moquer, mais cette fois, à la fin de la pièce, il meurt pour de bon.

MESSIRE JEHAN – Eh bien ! procédons au plus vite. Vous voyez Guillemette, et vous mon ami l'apothicaire, ce pauvre homme-ci qui se meurt de languitude et de maladie ; il veut faire son testament, nous étant présents, sans frauder sa femme ni ses héritiers naturels.

PATHELIN – C'est bien cela, Messire Jehan, mais avant que rien ne commence, croyez qu'il serait bon que j'arrosasse un peu mon esprit. Guillemette, portez-moi à boire, et servez aussi mes voisins. S'il n'y a pas assez de vin, je vous en prie, qu'on aille en tirer. Allons, Messire Jehan : votre écritoire et du papier, puis écrivez.

GUILLEMETTE – Voyez en faveur de qui vous testerez ; je vais demeurer pauvre et seulette.

PATHELIN – Tout d'abord à vous, ma bonne Guillemette, qui savez où je mets mes écus, là-bas, dans la petite armoire : vous les prendrez s'ils y sont encore. Ensuite à tous les joyeux drilles, les bas percés, les gens sans soucis, je laisse rôtisseries et bonnes tavernes. Aux quatre couvents : des Cordeliers, des Carmes, des Augustins, des Jacobins, que les moines soient hors ou dans leur cloître, je laisse tous les bons lopins de terre que j'ai pu désirer. Item, je laisse à tous les sergents, qui ne cessent jour et semaine de prendre et de tromper les gens, à chacun bonne fièvre quartaine. À tous les chopineurs et ivrognes, notez-le bien, je laisse goutte, crampes et démangeaisons, au poignet, au côté et à la fesse. Et, à l'Hôtel-Dieu de Rouen, je laisse et donne en bon vouloir la robe grise que je portais quand elle était encore bonne et mon chapeau noir trop usagé. Ensuite à vous, mon conseiller, Messire Jehan, sans tromperie ni sornette, je laisse, pour vous faire un oreiller, la croupe de ma jument. Et à vous, Maître Aliboron, une boîte pleine d'onguent du plus pur diaculum, pour fondre la mauvaise graisse. Et c'est tout ! Chacun doit être satisfait. Il n'est pas besoin de le recopier, n'est-ce pas, Messire Jehan ?

MESSIRE JEHAN – C'est très bien comme cela.

Version de Robert-Louis BUSQUET,
Les Farces du Moyen Âge, éd. F. Lanore (1942).

Scène 6
Chez le drapier

GUILLAUME. – Enfin quoi ! Tout le monde se paie ma tête ! On me prend mon bien, on me prend tout ce qu'on peut prendre. C'est moi le roi des malchanceux. Jusqu'aux bergers qui me volent. Mais celui-là, mon berger, un être à qui j'ai

5 toujours fait du bien, il ne m'aura pas filouté pour rien… Je le forcerai à plier le genou devant le juge.

AGNELET. – Que Dieu vous donne une belle journée et une bonne soirée, mon bon seigneur.

GUILLAUME. – Ah, te voilà, canaille crottée… Un bon servi-

10 teur, vraiment… Bon à quoi, je vous demande ?

AGNELET. – Sauf votre respect, mon bon seigneur, un homme est venu, en habit rayé[1], un excité, avec à la main un fouet sans corde[2]… Il m'a dit… Mais je ne me rappelle pas bien… Il m'a parlé de vous, mon maître, de je ne sais pas quoi, d'une

15 assignation[3]. Sainte Vierge, moi, je n'y comprends goutte. Il m'a mélangé pêle-mêle des « brebis » et « À telle heure de l'après-midi »… Et il m'a attaqué, mon maître, de votre part.

GUILLAUME. – Qu'on me pende si je ne te traîne pas tout de suite devant le juge… Si jamais tu m'assommes une de mes

20 bêtes, ma foi, tu t'en souviendras… De toute façon, tu me paieras les six aunes… Je veux dire, les bêtes que tu as assom-mées et les dégâts que tu m'as causés depuis dix ans.

AGNELET. – Il ne faut pas écouter les mauvaises langues, mon bon seigneur, car je vous assure…

---

1. Les sergents, chargés de prévenir les gens convoqués au tribunal, portaient un vêtement rayé à bandes verticales.
2. Il s'agit de la verge, long bâton dont le sergent touchait, au nom de la loi, l'homme qu'il venait convoquer. Celui-ci était alors obligé de le suivre.

3. Acte par lequel une personne est sommée, donc obligée, de comparaître en justice à une date donnée. Cette personne devait signer, d'où le terme « assignation ».

25 GUILLAUME. – Je t'assure, moi, que tu me les paieras samedi, mes six aunes de drap, je veux dire, les bêtes que tu as prises dans mon troupeau.

AGNELET. – Quel drap ? Monseigneur, j'ai l'impression que vous êtes en colère pour quelque chose d'autre. Mon Dieu, 30 mon maître, je n'ose rien dire quand je vous regarde.

GUILLAUME. – Laisse-moi tranquille ! Va-t'en, et sois exact à l'assignation… s'il te plaît.

AGNELET. – Monseigneur, essayons de nous mettre d'accord. Pour l'amour de Dieu, faites que je n'aie pas à plaider.

35 GUILLAUME. – Va-t'en, va. Ton affaire est bonne. Ah, mais, non ! Je n'accepterai aucun accord, je ne transigerai[4] pas, je n'accepterai que ce que le juge décidera. Fichtre ! Tout le monde va vouloir me tromper maintenant, si je n'y mets bon ordre.

40 AGNELET. – Au revoir, Monsieur, que Dieu vous bénisse. À présent, il faut que je me défende.

---

4. Je ne ferai aucune concession.

Repérer et analyser

Le lieu et la situation d'énonciation

Le monologue

Au théâtre, un monologue est un passage dans lequel un personnage seul exprime à voix haute ce qu'il pense et ressent.

Le monologue peut fournir des informations au spectateur sur des événements qui se sont produits hors de scène, sur l'état d'esprit d'un personnage…
Il peut avoir une fonction informative ou dramatique (il apporte des éléments qui font avancer l'action).

1 **a.** Repérez le monologue au début de la scène. Qui parle ?
b. En quoi ce monologue relance-t-il l'action ?

2 Dans quel lieu la scène se déroule-t-elle ? Justifiez votre réponse.

Les personnages et leurs relations

3 **a.** Quel nouveau personnage apparaît dans cette scène ? Quel rapport y a-t-il entre son nom et son métier ? Au service de qui est-il ?
b. Relevez l'expression par laquelle Agnelet désigne le sergent venu l'assigner. Pour quelle raison n'emploie-t-il pas le mot exact ?

4 **a.** Sur quel ton Agnelet parle-t-il à Guillaume ? Appuyez-vous sur des expressions précises.
b. Dans quels termes Guillaume s'adresse-t-il à Agnelet ? Qu'en déduisez-vous de son état d'esprit à son égard ?
c. Relevez dans l'ensemble de la scène des indices qui montrent que Guillaume est en colère. Appuyez-vous sur les expressions imagées, les exclamations, le ton. Pour quelle raison l'est-il ?

Le comique

5 Quelle confusion commence à s'établir dans l'esprit de Guillaume ? Agnelet s'en aperçoit-il ? Citez le texte. En quoi la situation est-elle amusante ?

Les hypothèses de lecture

6 Quel sens donnez-vous à la dernière phrase ? À quoi le spectateur peut-il s'attendre ?

Scène 7
Chez Pathelin

AGNELET. – Il y a quelqu'un ?

PATHELIN, *bas*. – Ah, non ! C'est encore lui qui revient !

GUILLEMETTE, *bas*. – Mon Dieu ! Faites que non. Qu'est-ce qu'il pourrait nous arriver de pire ?

5 AGNELET. – Dieu vous protège ! Dieu vous bénisse !

PATHELIN. – Dieu te garde, camarade. Que veux-tu ?

AGNELET. – On va me pincer si je ne me présente pas à l'assignation[1], Monseigneur, à je ne sais quelle heure… Dans l'après-midi. S'il vous plaît, mon bon maître, vous viendrez
10 et vous plaiderez ma cause, car, moi, je n'y comprends rien. Et je vous paierai comme il faut, bien que je sois mal habillé.

PATHELIN. – Approche-toi et explique-moi. Qui es-tu, demandeur ou défendeur[2] ?

AGNELET. – J'ai affaire à un malin qui comprend tout, vous
15 comprenez, mon bon maître ? Pendant longtemps, j'ai mené paître ses brebis, je les gardais pour lui. Je vous jure, j'ai bien vu qu'il ne me payait pas grand-chose… Est-ce que je peux tout vous dire ?

PATHELIN. – Bien sûr : on doit tout dire à son avocat.

20 AGNELET. – C'est la vérité vraie, Monsieur, que je les ai assommées, ses brebis, tant et si bien que plusieurs sont tombées évanouies et sont mortes, et pourtant elles étaient belles et bien portantes. Alors je lui ai fait comprendre qu'elles étaient mortes de la clavelée[3]. Pour chacune il m'a dit : « Ah
25 bon, il ne faut pas la laisser avec les autres. Jette-la. »

---

1. Voir scène 6, note 3, p. 54.
2. Le demandeur dépose la plainte en justice, le défendeur se défend ou se fait défendre par un avocat.

3. Maladie du mouton.

J'ai répondu : « D'accord », mais je m'y suis pris tout autrement. Pour sûr, je la connaissais, leur maladie, et je les ai mangées... Qu'est-ce que vous voulez que je vous dise ? J'ai si bien continué, j'en ai tellement assommées,
30 tellement tuées, qu'il a fini par s'en apercevoir. Quand il s'est rendu compte que je le trompais, il m'a fait épier. Vous comprenez, on les entend crier bien fort quand on les tue. À la fin, j'ai été pris sur le fait. Je ne peux pas le nier ! J'ai de l'argent, j'en ai suffisamment. Je vous en prie, Monsieur,
35 je voudrais qu'à nous deux nous lui préparions un piège pour qu'il tombe dedans. Je sais bien que sa cause est bonne[4], mais vous trouverez bien un moyen de la rendre mauvaise.

PATHELIN. – Ma foi, tu seras content. Qu'est-ce que tu me
40 donneras si je renverse le bon droit de la partie adverse[5], et si on te renvoie... acquitté[6] ?

AGNELET. – Ce n'est pas en sous que je vous paierai, mais en beaux écus d'or.

PATHELIN. – Puisqu'il en est ainsi, ta cause sera bonne, même
45 si elle devait être deux fois pire. Plus une cause est solide, et mieux je la démolis, pour peu que j'y applique mon esprit. Tu m'entendras donner de la voix, dès qu'il aura formulé sa demande. Allons, approche. Tu as assez de malice pour comprendre la ruse. Comment t'appelles-tu ?

50 AGNELET. – Thibault l'Agnelet.

PATHELIN. – Dis-moi, l'Agnelet, combien d'agneaux de lait as-tu volés à ton maître ?

AGNELET. – Ma foi, j'ai bien dû en manger plus de trente en trois ans !

---

4. Le motif de sa demande, appuyée par des témoignages, lui assure le succès.
5. L'adversaire, celui avec lequel on est en procès – ici, Guillaume.

6. Déclaré non coupable.

55 PATHELIN. – Ça te fait une rente de dix[7] par an… De quoi te payer tes petites fantaisies. *(Songeant à la partie adverse du berger.)* Bon, je m'en vais la lui bailler belle[8]. Crois-tu qu'il puisse trouver sur-le-champ un témoin qui l'aide à prouver les faits ? Tout le problème est là.

60 AGNELET. – Prouver les faits, Monsieur ? Mon Dieu, oui, il en trouvera dix pour un qui témoigneront contre moi.

PATHELIN. – Ça, c'est un point fâcheux pour ton procès. Voilà mon idée : je ferai semblant de ne pas te connaître, de ne t'avoir jamais vu.

65 AGNELET. – Mon Dieu ! Non ! Ne faites pas ça.

PATHELIN. – Bon, mais… Mais voici ce qu'il faudra faire. Si tu parles, tu seras pris à chaque question qu'on te posera. Dans ces cas-là, les aveux font tant de mal que c'est le diable… Alors voilà ce qu'il faudra faire : aussitôt qu'on t'appellera 70 pour comparaître[9] devant le juge, tu ne répondras rien, quelle que soit la question qu'on puisse te poser. Tu ne diras rien, excepté « bée ». Et même si on t'injurie, si, par exemple, on te dit : « Sale idiot ! Va au diable, espèce de mendiant. Est-ce que tu te moques de la justice ? », réponds « bée ». Je dirai : 75 « Vous voyez, c'est un idiot, il croit parler à ses bêtes. » Même s'ils devaient s'y casser la tête, prends bien garde, il ne faut absolument pas qu'un autre mot sorte de ta bouche.

AGNELET. – L'affaire me touche de près. Soyez tranquille, je ferai bien attention, je répondrai comme vous me le dites, je 80 vous le promets.

PATHELIN. – Fais bien attention. Conserve cette attitude, quoi qu'il arrive. Même à moi, si je te parle ou te demande quelque chose, ne réponds pas autrement.

---

7. Chaque année tu as pu gagner l'argent que rapportent dix moutons.
8. Lui faire croire ce qui n'est pas.
9. Paraître devant le juge.

AGNELET. – Moi ? je vous jure que non. Dites carrément
85 que je suis fou si jamais je vous dis autre chose, à vous ou à
quelqu'un d'autre. On peut me poser n'importe quelle question, je répondrai toujours « bée », comme vous venez de me
l'apprendre.

PATHELIN. – C'est bien ; comme ça, ton adversaire se lais-
90 sera prendre à nos grimaces. Mais, après, débrouille-toi pour
que je sois content de mes honoraires.

AGNELET. – Monseigneur, ne me faites plus jamais confiance
si je ne vous paie pas comme convenu ! Mais je vous en prie,
occupez vous bien de mon affaire.

95 PATHELIN. – Ma foi, je pense que le juge est en train de siéger[10]
maintenant, d'habitude il ouvre l'audience[11] vers six heures.
Viens, mais après moi : ne faisons pas le trajet ensemble.

AGNELET. – C'est une bonne idée : on ne saura pas que vous
êtes mon avocat.

100 PATHELIN. – Allons. Et gare à toi si tu ne me paies pas, et
comme il faut.

AGNELET. – Mais, bien sûr, comme convenu[12], je vous l'ai
dit, Monseigneur, n'ayez pas peur. *(Il part.)*

PATHELIN, *seul*. – Diable, s'il ne pleut pas, il tombe des
105 gouttes ! Enfin j'aurai toujours un petit quelque chose de
lui, un ou deux écus, pourvu qu'on mette dans le mille[13].

---

10. Tenir séance.
11. Séance au cours de laquelle les juges interrogent demandeur, défendeur et témoins, écoutent les plaidoiries et rendent leur jugement.

12. « À vostre mot », selon le texte original ; ainsi que nous venons de le décider.
13. Pourvu qu'on touche juste. Le mille est la partie centrale d'une cible.

Questions

Repérer et analyser

Le lieu

1 Dans quel lieu la scène se déroule-t-elle ?

L'action

2 **a.** De quoi Agnelet est-il coupable ? Quel personnage est victime de ses méfaits ? Que vient-il demander à Pathelin ?

b. Quel élément d'information important le spectateur possède-t-il que ne possèdent ni Pathelin, ni Guillaume ?

Les personnages

3 **a.** Montrez en relevant le champ lexical du droit que Pathelin aime utiliser les termes juridiques.

b. Relevez des expressions dans lesquels Pathelin évoque son métier. Quelle conception s'en fait-il ?

4 « Je sais bien que sa cause est bonne, mais vous trouverez bien un moyen de la rendre mauvaise » (l. 36 à 38) : quels adjectifs pourraient caractériser Agnelet ?

5 **a.** Pourquoi Pathelin accepte-t-il de défendre la cause d'Agnelet ?

b. En quoi va consister la tactique de défense établie par Pathelin ? Comment prépare-t-il sa mise en scène ?

c. Quelle phrase montre que Pathelin est sûr de pouvoir défendre la cause d'Agnelet ?

Les hypothèses de lecture

6 À quoi le spectateur peut-il s'attendre à la fin de la scène ?

S'exprimer

7 Guillemette assiste à la scène entre Pathelin et Agnelet. Imaginez les réflexions qu'elle peut se faire sur ce qui risque de se passer au tribunal, ses craintes, ses espoirs, et ce qu'elle pense de son mari.

Étudier la langue

8 Que signifie le mot « honoraires » (l. 91) ? Donnez deux synonymes de ce mot.

9 Dans la phrase prononcée par Pathelin, « Plus une cause est solide, et mieux je la démolis » (l. 45-46), quels sont les termes qui s'opposent ? Comment la structure de la phrase met-elle en relief cette opposition ? Quel trait de caractère Pathelin révèle-t-il de la sorte ?

10 Dans les expressions « Dieu vous protège ! Dieu vous bénisse ! » (l. 5), à quel temps et à quel mode sont conjugués les deux verbes ? Quelle est la valeur de ce mode ? Récrivez ces deux phrases en rétablissant le mot qui manque.

Berger.

Scène 8
Au tribunal

PATHELIN, *présent dans la salle, saluant le juge qui arrive.* –
Dieu vous bénisse, Monsieur.

LE JUGE. – Soyez le bienvenu, Monsieur. Couvrez-vous.
Prenez place ; là. *(Il désigne une place à côté de lui.)*

5   PATHELIN. – Mais non, je suis bien ici, si vous permettez. Je
m'y sens plus à mon aise.

LE JUGE. – Allons, vite, qu'on expédie cette affaire, pour que
je puisse lever l'audience[1].

GUILLAUME. – Mon avocat arrive, Monseigneur, il achève
10 un petit travail ; vous seriez aimable de bien vouloir l'attendre.

LE JUGE. – Que diable ! C'est que j'ai d'autres affaires à
entendre ailleurs. Si votre partie adverse est là, dépêchez, n'attendez pas. D'ailleurs n'êtes-vous pas demandeur ?

GUILLAUME. – Si.

15 LE JUGE. – Où est le défendeur ? Est-il présent en personne ?

GUILLAUME. – Oui : vous le voyez là, qui ne parle pas. Dieu
seul sait qu'il n'en pense pas moins !

LE JUGE. – Puisque vous êtes tous les deux en présence,
exposez votre plainte.

20 GUILLAUME. – Voici ma plainte. Monseigneur, il faut vous
dire d'abord que je l'ai pris par charité quand il était enfant,
et que je l'ai élevé pour l'amour de Dieu. Quand j'ai vu qu'il
était en âge d'aller aux champs… Bref, pour abréger, j'en ai
fait mon berger, en lui donnant mes bêtes à garder. Mais aussi
25 vrai que vous êtes assis là, Monsieur le Juge, il a fait un si
grand carnage de mes moutons et de mes brebis que, à vrai
dire…

---

1. Déclarer l'audience terminée.

LE JUGE. – Voyons, n'était-il pas votre salarié ?

PATHELIN. – Bien sûr. En effet, s'il s'était amusé à le garder
30 sans salaire...

GUILLAUME, *reconnaissant Pathelin.* – Dieu me damne !
Mais c'est vous. Je suis sûr que c'est vous.

(Pathelin se cache la figure.)

LE JUGE. – Vous avez une drôle de façon de tenir votre main
35 en l'air ! Avez-vous mal aux dents, Maître Pierre ?

PATHELIN. – Eh oui ! Elles me font la guerre avec une de ces
rages... Comme je n'en ai jamais eue. Je ne peux pas lever la
tête. Pour l'amour du ciel, faites-le continuer.

LE JUGE, *au drapier.* – Allons, achevez votre plaidoirie.
40 Dépêchez-vous. Et tâchez de conclure clairement.

GUILLAUME, *à part.* – C'est lui, non, ce n'est pas quelqu'un
d'autre. J'en suis certain. *(Tout haut.)* C'est à vous que j'ai
vendu six aunes de drap, Maître Pierre.

LE JUGE, *à Pathelin.* – De quoi parle-t-il ? de drap ?
45 PATHELIN. – Il divague. Il croit revenir à son sujet, et il ne
peut plus s'y retrouver, parce qu'il a mal appris son histoire.

GUILLAUME, *au juge.* – Bon sang ! Qu'on me pende si c'est
quelqu'un d'autre... C'est lui qui me l'a pris.

PATHELIN. – J'admire comment ce méchant homme va cher-
50 cher loin les inventions dont il veut enrichir sa cause. Il est
d'un entêté ! Voici ce qu'il veut dire : que son berger a vendu
la laine, dont on a fait le drap de ma robe[2]. J'ai bien compris !
Ça revient à dire que son berger le vole, et qu'il lui a pris la
laine de ses brebis.

55 GUILLAUME. – Dieu me damne si vous ne l'avez pas pris !

LE JUGE. – Paix, que diable ! espèce de bavard. N'êtes-vous
pas capable de revenir à votre sujet sans arrêter la cour[3] avec
vos bavardages ?

---

2. La robe neuve faite avec le drap pris chez Guillaume.

3. Sans arrêter le bon déroulement du jugement.

PATHELIN, *riant*. – J'ai mal, mais je ne peux pas m'empêcher
60 de rire ! Il s'est tellement empêtré qu'il ne sait plus où il en
est resté… Il faut que nous le ramenions à son sujet !

LE JUGE, *à Guillaume*. – Allons ! Revenons à nos moutons !
Qu'est-ce qu'il leur est arrivé ?

GUILLAUME. – Il en a pris six aunes, pour neuf francs.

65 LE JUGE. – Sommes-nous des imbéciles ou des fous ? Où vous
croyez-vous ?

PATHELIN. – Mais sapristi ! Il nous emmène en bateau ! A-
t-il la mine d'un honnête homme ? Mais il me semblerait
souhaitable d'interroger un peu la partie adverse.

70 LE JUGE. – Vous avez raison. *(À part.)* Il s'entretient avec
lui : il le connaît sûrement. *(À Agnelet.)* Approche ! Parle !

AGNELET. – Bée !

LE JUGE. – Voici autre chose ! Qu'est-ce que ça signifie
« bée » ? Suis-je une chèvre ? Parle-moi.

75 AGNELET. – Bée.

LE JUGE. – Dieu te damne ! Te moques-tu de nous ?

PATHELIN. – Il doit être fou ou idiot, à moins qu'il ne s'ima-
gine être avec ses bêtes.

GUILLAUME, *à Pathelin*. – Qu'on me pende si vous n'êtes pas
80 l'homme qui m'a pris mon drap ! Vous, et pas un autre. *(Au
juge.)* Monseigneur, vous ne savez pas avec quelle malice…

LE JUGE. – Taisez-vous maintenant. Êtes-vous stupide ?
Laissez ce détail de côté, et venons-en à l'essentiel.

GUILLAUME. – Vous avez raison, Monseigneur, mais l'affaire
05 me touche de près : enfin je n'en dirai plus un mot aujour-
d'hui. Une autre fois, ça ira comme ça pourra. Il faut que
j'avale la pilule. Donc, reprenons, je disais que j'avais donné
six aunes… Je veux dire mes brebis… Monsieur, je vous en
prie, pardonnez-moi… Ce brave maître… Mon berger, quand

90 il aurait dû être aux champs... Il m'a dit que j'aurais six écus d'or quand je viendrais... Je disais donc qu'il y a trois ans, mon berger s'est engagé à garder mes brebis, en toute honnêteté, sans me causer dommage ni préjudice... Et maintenant, il nie tout, le drap et l'argent... Ah, vraiment, Maître Pierre...

95 Ce gredin-là me volait la laine de mes bêtes... alors qu'elles étaient si belles, il les faisait périr en les assommant, en leur frappant la tête à grands coups de bâton... Quand il a pris mon drap sous son bras, il s'est dépêché de partir et il m'a dit que je vienne chercher chez lui six écus d'or...

100 LE JUGE. – Il n'y a ni rime ni raison dans tout ce que vous rabâchez. Qu'est-ce que ça veut dire ? Vous mélangez tout. Palsambleu ! À la fin, je n'y vois goutte. *(À Pathelin.)* Il marmotte d'étoffe, il babille de brebis... à tort et à travers ! Ce qu'il dit ne se tient pas.

105 PATHELIN. – Je suis bien sûr qu'il retient son salaire au pauvre berger.

GUILLAUME. – Enfin quoi ! Vous pourriez vous taire. Mon drap... aussi sûr que le ciel... Je sais tout de même mieux que vous où le bât me blesse. Dieu m'est témoin, vous l'avez.

110 LE JUGE. – Qu'est-ce qu'il a ?

GUILLAUME. – Rien, Monseigneur. Je le jure, c'est le pire trompeur... Bon, je me tairai si je peux, je n'en parlerai plus quoi qu'il arrive.

LE JUGE. – Bien ! Mais tâchez de vous en souvenir. Et main-

115 tenant, concluez clairement.

PATHELIN. – Ce berger ne peut répondre aux accusations que l'on formule contre lui. Il a besoin d'un conseil et n'ose pas en demander – à moins qu'il ne le sache pas. Si vous vouliez m'ordonner de l'assister, je le ferais.

120 LE JUGE, *regardant Agnelet*. – Lui servir de conseiller ? Je pense que ce serait une mauvaise affaire[4]... C'est un gagne-petit.

PATHELIN. – Je vous assure que je ne songe pas à en tirer profit. Ce sera pour l'amour de Dieu ! Le pauvre petit me dira ce qu'il 125 voudra bien me dire, assez de renseignements pour répondre aux griefs qu'on lui impute[5]. Si personne ne l'aide, il aura du mal à s'en tirer... *(Au berger.)* Approche, mon ami... *(Au juge.)* Si on pouvait trouver... *(À Agnelet.)* Tu me comprends ?

AGNELET. – Bée.

130 PATHELIN. – Comment « bée » ? Sapristi ! Est-ce que tu es fou ? Explique-moi ton affaire.

AGNELET. – Bée.

PATHELIN. – Que signifie ce « bée » ? Crois-tu entendre tes brebis ? C'est pour ton bien ; tâche de comprendre.

135 AGNELET. – Bée.

PATHELIN. – Écoute ! Réponds-moi oui ou non. *(Bas.)* C'est bien, continue. *(Haut.)* D'accord ?

AGNELET. – Bée.

PATHELIN. – Plus haut ! Ou cela va te coûter cher, crois-140 moi.

AGNELET. – Bée.

PATHELIN. – Eh bien, il est encore plus fou, celui qui fait un procès à un fou comme celui-là ! Monsieur, renvoyez-le à ses brebis. Il est fou de naissance.

145 GUILLAUME. – Il est fou ! Seigneur Jésus ! Il est plus sain d'esprit que vous tous.

PATHELIN, *au juge*. – Renvoyez-le garder ses bêtes ; sans l'ajourner[6] – qu'il n'ait pas besoin de revenir. Il faut être ridicule pour assigner ou faire assigner un fou comme celui-là.

---

4. Mauvaise affaire pour Pathelin qui risquerait de ne pas être payé.

5. Les fautes qu'on lui reproche.

6. Renvoyer à un autre jour.

150   GUILLAUME. – Et on va le renvoyer avant de m'avoir entendu ?

LE JUGE. – Mon Dieu, oui ! puisqu'il est fou. Pourquoi pas ?

GUILLAUME. – Sapristi ! Monseigneur ! Au moins laissez-moi parler avant et présenter mes conclusions. Ce que je vous dis n'est pas pour me moquer de vous ni vous tromper.

155   LE JUGE. – Que de tracas pour juger des fous et des folles ! Écoutez : pour mettre un terme à ces bavardages, je vais lever l'audience[7].

GUILLAUME. – Ils s'en iront sans qu'on fixe la date à laquelle ils devront revenir ?

160   LE JUGE. – Pourquoi donc ?

PATHELIN. – Vous n'avez jamais vu quelqu'un d'aussi fou, dans son attitude comme dans ses réponses. *(Montrant Guillaume.)* Et pourtant cet autre ne vaut pas mieux : ils n'ont pas plus de cervelle l'un que l'autre ! À eux deux ils n'en ont

165   pas lourd !

GUILLAUME. – Vous l'avez emporté, mon drap, Maître Pierre, sans payer, comme un fourbe. Misère de moi ! Vous n'avez pas agi comme un honnête homme.

PATHELIN. – Eh bien, je veux bien être pendu s'il n'est pas

170   complètement fou, ou en train de le devenir.

GUILLAUME, *à Pathelin.* – Je vous reconnais à la voix, à la robe, au visage. Non, je ne suis pas fou, mais assez sage pour reconnaître ceux qui me font du bien ! *(Au juge.)* Je vous raconterai l'affaire, Monseigneur, en mon âme et conscience.

175   PATHELIN, *au juge.* – Voyons, Monsieur, imposez-leur silence. *(À Guillaume.)* Vous n'avez pas honte de disputer à n'en plus finir avec ce berger pour trois ou quatre vieilles brebis, pour des moutons qui ne valent pas tripette… *(Au juge.)* Il en fait une de ces litanies[8]…

---

7. Mettre fin à l'audience.

8. Invocations répétées. Ici, énumération monotone.

180 GUILLAUME. – Quels moutons ! C'est toujours le même refrain ! C'est à vous que je parle, oui, vous, et vous me le rendrez, j'en prends le ciel à témoin.

LE JUGE. – Vous voyez ? Si je suis bien loti... Il ne cessera pas de brailler un seul instant...

185 GUILLAUME. – Je lui demande...

PATHELIN, *au juge.* – Faites-le taire. *(À Guillaume.)* Alors, vous avez fini votre chanson ? Admettons qu'il en ait assommé six ou sept, ou même une douzaine et qu'il les ait mangées... pour son malheur !... Vous en voilà bien malade ! Vous avez
190 gagné bien davantage tout le temps qu'il vous les a gardées.

GUILLAUME, *au juge.* – Vous voyez, Monsieur, vous voyez... Je lui parle drap, il me répond mouton... Où sont-elles, les six aunes que vous avez mises sous votre bras ? Vous n'avez pas l'intention de me les rendre ?

195 PATHELIN, *à Guillaume.* – Ah, Monsieur, allez-vous le faire pendre[9] pour six ou sept bêtes à laine ? Au moins, reprenez votre souffle. Ne soyez pas si sévère envers un pauvre berger, un malheureux, aussi nu qu'un ver !

GUILLAUME. – Voilà qui est savoir retourner une situation !
200 C'est le diable qui m'a poussé à vendre du drap à un brigand pareil... Sapristi, Monseigneur, je lui demande...

LE JUGE. – Je le décharge[10] de votre plainte et vous défends de le poursuivre[11] ! Voilà un bel honneur de plaider contre un fou ! *(Au berger.)* Va retrouver tes bêtes.

205 AGNELET. – Bée.

LE JUGE, *à Guillaume.* – On voit bien qui vous êtes en vérité, Monsieur.

GUILLAUME. – Mais, sapristi ! Monseigneur, je veux seulement...

---

9. Au Moyen Âge, le vol est puni de mort par pendaison.
10. J'annule la plainte déposée contre lui.

11. Intenter une autre action en justice contre lui.

210   PATHELIN, *au juge.* – N'est-ce pas possible qu'il se taise ?

GUILLAUME, *à Pathelin.* – C'est à vous à qui j'ai affaire. Vous m'avez emporté mon drap comme un voleur grâce à vos belles paroles.

PATHELIN, *au juge.* – Oh, j'en appelle à ma conscience…
215   Vous l'entendez, Monseigneur ?

GUILLAUME, *à Pathelin.* – Oui, vous êtes le plus grand trompeur… *(Au juge.)* Monseigneur, laissez-moi dire…

LE JUGE. – C'est une vraie farce que vous nous jouez, tous les deux… Que de bruit… Seigneur Dieu ! Ma foi, je crois
220   que je dois partir. *(Au berger.)* Va-t'en, mon ami. Ne reviens en aucun cas, même si un sergent[12] t'assignait. La Cour t'absout[13]. Tu comprends ?

PATHELIN, *au berger.* – Dis « merci bien ».

AGNELET. – Bée.

225   LE JUGE, *au berger.* – J'ai dit : va-t'en. Ne te fais pas de souci. Peu importe.

GUILLAUME. – Mais est-ce justice qu'il s'en aille comme ça ?

LE JUGE, *quittant son tribunal.* – Bah ! j'ai affaire ailleurs. Vous êtes de trop bons farceurs. Vous ne m'aurez pas plus longtemps.
230   Je m'en vais. Voulez-vous souper avec moi, Maître Pierre ?

PATHELIN, *levant la main à la mâchoire.* – Je ne peux pas ! *(Le juge s'en va.)*

---

12. Officier de justice semblable à l'huissier d'aujourd'hui. Voir scène 6, note 1, p. 54.

13. Toute procédure contre toi est abandonnée ainsi que toute demande de dommages et intérêts.

Questions

Repérer et analyser

La situation d'énonciation

1 **a.** Dans quel lieu la scène se déroule-t-elle ? Qui sont les personnages en présence ?

b. En quelle qualité Pathelin est-il présent dans cette scène ?

2 Au début de l'extrait :

a. Le juge sait-il que Pathelin connaît Agnelet et Guillaume ?

b. Pathelin savait-il que l'adversaire de son client était Guillaume ?

c. Guillaume sait-il que l'avocat de son berger est Pathelin ?

d. Que sait le spectateur de la situation ?

3 Qu'indique la didascalie *« À part »* (l. 41 et l. 70) ? À qui les paroles des personnages sont-elles destinées ?

Les relations entre les personnages et la progression du dialogue

4 **a.** À la suite de quelle réplique et pourquoi Pathelin s'aperçoit-il que le maître d'Agnelet est Guillaume ?

b. Quel geste Pathelin fait-il alors, et dans quel but ?

c. Quel parti tire-t-il aussitôt de la question du juge sur son éventuel mal de dents ?

5 Relisez les répliques de Guillaume. Montrez en citant le texte que Pathelin exploite son trouble.

6 Quels sont les rapports de Pathelin avec le juge ? À quels moments essaie-t-il de l'influencer ?

7 **a.** Quel personnage mène le jeu dans cette scène ?

b. À la fin de la scène, qui est mécontent ? qui est satisfait ?

Le comique

Le comique de situation

8 Relevez quelques répliques dans lesquelles le juge manifeste sa hâte d'en terminer. Quel effet cette hâte produit-elle sur le rythme de la scène ? et sur le spectateur ?

9 Dans quelle situation chacun des personnages se trouve-t-il ? Qui trompe qui ?

Le comique de mots

10 Quelle est l'idée fixe de Guillaume ? Relevez dans ses répliques les passages qui expriment son trouble. Quel est l'effet produit sur le spectateur ?

11 **a.** Quel est le mot répété par Agnelet ? En quoi son nom est-il particulièrement comique dans cet extrait ?

b. Guillaume est-il dupe de la manœuvre d'Agnelet (l. 145-146) ?

Enquêter

Une histoire de moutons

12 « Revenons à nos moutons » (l. 62), dit le juge de Guillaume. Cette expression est passée en proverbe. Dans quel cas l'utilise-t-on ?

13 Le grand écrivain du XVIe siècle, Rabelais, connaissait presque par cœur *La Farce de Maître Pathelin*. Il l'a souvent citée et s'est inspiré de Pathelin pour créer le personnage de Panurge, voleur, menteur, vantard, « au demeurant le meilleur fils du monde ».

Quel est le sens de l'expression « agir comme les moutons de Panurge » ?

Scène 9
Devant le tribunal

GUILLAUME, *à Pathelin, à voix basse.* – Eh bien ! Tu es un rude voleur ! *(Haut.)* Dites donc, je ne serai pas payé ?

PATHELIN. – Payé ? De quoi ? Êtes-vous dans votre bon sens ? Mais pour qui me prenez-vous ? Je me demande vraiment pour
5 qui vous m'avez pris.

GUILLAUME. – Bée ! Que diable !

PATHELIN. – Cher Monsieur, attendez un peu. Je vais vous dire tout de suite pour qui vous me prenez : pour le bouffon du roi[1]. *(Levant son chaperon.)* Pourtant, regardez : il n'a pas
10 le dessus du crâne pelé[2] comme moi !

GUILLAUME. – Me prenez-vous pour un idiot ? C'est vous, vous en personne, vous-même. Votre voix vous dénonce et c'est déjà bien suffisant.

PATHELIN. – Moi, moi-même. Non, vraiment, ôtez-vous cette
15 idée de la tête. Je suis plutôt Jean de Noyon[3]. Il a la même taille que moi.

GUILLAUME. – Sacré nom... Il n'a pas votre visage d'ivrogne, votre trogne blême... Est-ce que je ne vous ai pas laissé malade, chez vous, il y a un instant ?

20 PATHELIN. – Ah, voici une belle raison ! Malade, moi, et de quelle maladie ? Reconnaissez votre bêtise... Elle n'est que trop évidente.

GUILLAUME. – C'est vous ou je ne crois plus à rien... Vous, et pas quelqu'un d'autre. Je le sais bien. C'est la pure vérité.

---

1. Personnage chargé de divertir les grands seigneurs ; personnage de théâtre chargé de faire rire.

2. Pathelin est peut-être chauve. À moins qu'il ne s'agisse de la tonsure du clerc.
3. Inconnu. Nom inventé probablement.

PATHELIN. – Eh bien, n'en croyez rien. Ce n'est certainement pas moi. Je ne vous ai jamais pris une aune, ni même une demi de quoi que ce soit… Je n'ai pas cette réputation.

GUILLAUME. – Allons, je vais dans votre maison voir si vous y êtes… Si vous y êtes, nous n'aurons plus besoin de nous casser la tête.

PATHELIN. – Voilà, c'est une bonne idée. Comme ça, vous en aurez le cœur net.

Pathelin. Maquette de costume de Jean-Denis Malclès pour la Comédie-Française (1941).

Questions

Repérer et analyser

La situation d'énonciation

1 **a.** Qui sont les personnages en présence ?

b. Dans quel lieu se trouvent-ils ? Dans quelles circonstances se retrouvent-ils ?

c. Qui le pronom «vous» désigne-t-il (l. 11-13, l. 17-19, l. 23) ? Combien de fois ce pronom est-il utilisé ? Que traduit son emploi insistant ?

Les relations entre les personnages

2 Pour quelle raison Guillaume dit-il à Pathelin qu'il est «un rude voleur» ? Quel est le différend qui oppose les deux personnages ?

3 **a.** Relevez les termes par lesquels Guillaume décrit Pathelin. Quelle image donne-t-il de lui ?

b. Quel personnage se moque de l'autre ? Justifiez votre réponse.

Le comique

4 Relisez les répliques lignes 2-3, 11 à 16, 18 à 22 et 23 à 26. Relevez les mots et expressions qui sont repris d'une réplique à l'autre pour être tournés en dérision.

5 Relevez les plaisanteries que Pathelin fait sur sa propre identité. Dans quelle intention les fait-il ?

S'exprimer

Imaginer un dialogue

6 Rapportez sous forme de dialogue une dispute entre deux élèves à propos d'un objet prêté et non rendu.

7 Imaginez un dialogue entre deux personnages dans lequel figureront les phrases suivantes : «Me prenez-vous pour un idiot ?» ; «Ah, voici une belle raison !» ; «Eh bien, n'en croyez rien.»

Imaginer une suite

8 Imaginez sous forme de dialogue de théâtre la suite de la scène.

Se documenter

Un problème d'identité

Guillaume a des doutes sur l'identité de l'avocat. Pathelin est-il bien Pathelin ? Dans le dialogue ou « diablogue » de Roland Dubillard, on peut se poser la même question : qui est qui ?

Deux personnages se trouvent dans un restaurant turc désert. Le garçon ne se montre pas. Ils attendent. Ils se nomment Un et Deux.

UN : Regardez autour de vous. Y a personne. Ce qui fait illusion, c'est les bougies.

DEUX : Ah, ben si, tout de même, regardez là-bas, au fond dans la petite salle, y a une réunion de messieurs.

UN : Ah oui. Ça doit être un banquet.

DEUX : Oui. Les regardez pas comme ça, ils nous ont vus.

UN : Ils n'ont pas l'air de s'amuser follement. Qu'est-ce que ça peut être ?

DEUX : Des anciens élèves, sûrement.

UN : Ça devait être pour eux, le lapin aux épinards.

DEUX : Ben, vous voyez, ils n'en sont pas morts.

UN : Oh, ils n'ont pas bonne mine.

DEUX : Ah, mais je les connais !

UN : Comment, vous les connaissez ! tous ?

DEUX : Oui.

UN : Qui c'est ?

DEUX : C'est nous.

UN : Oh, non ! Vous peut-être, mais pas moi, c'est pas possible.

DEUX : Si, tous les deux. Vous ne savez pas observer. Regardez bien l'horloge, juste derrière eux, au-dessus de leur tête.

UN : Je la vois, oui. Elle n'a rien de spécial.

DEUX : Rien de spécial, non ! Mais essayez donc un peu de lire l'heure qu'il est, à cette horloge.

UN : Ah oui, tiens, c'est curieux. Elle a été montée à l'envers, cette horloge.

DEUX : Vous êtes bête, vous savez !... Regardez leurs vestons, à ces bonshommes.

UN : Ils ont des vestons, oui.

DEUX : Eh bien, c'est pas des vestons ordinaires. Au lieu de se boutonner la gauche vers la droite, hein... allons, allons... un petit effort.

UN : Ah oui. Ils ont boutonné leurs vestons à l'envers. La droite sur la gauche. Eh bien, vous, vous êtes rudement observateur.

DEUX : Oui, mais vous, vous êtes vraiment bouché.

UN : Pourquoi ils les ont boutonnés comme ça, leurs vestons ? Dites, c'est peut-être ça qu'on appelle des invertis ?

DEUX : Des quoi ? Non, mais vous êtes complètement... complète-tement... complètement...

UN : Complètement stupéfait, oui. En tout cas, c'est sûrement des étrangers.

DEUX : Complètement !

UN : Ça doit être des Turcs.

DEUX : Ah ! non, mais vous êtes complètement...

UN : Ah, mais vous m'agacez ! Vous n'arrêtez pas de me dire que je suis complètement ! Complètement quoi ? Surveillez-vous, mon vieux, vous devenez complètement, euh...

DEUX : Non, mais il est complètement...

UN : Ah ! ça suffit comme ça !

DEUX : Oh ! je n'aurais jamais cru ça de vous !

UN : Vous feriez mieux de regarder les Turcs. C'est des gens très curieux. Regardez, y en a la moitié qui piquent une espèce de crise, regardez ! ils s'arrachent les cheveux ! Ça doit être une tra-dition, à la fin des repas, chez les Turcs... Ah non, mais réellement ça devient de l'hystérie ! ils sont tout rouges ! Dites, ça ne doit pas être des Turcs, vous savez. Ils sont plus civilisés que ça, les Turcs.

DEUX : C'est pas des Turcs, andouille ! C'est une glace. Le gars qui s'arrache les cheveux, c'est moi, et celui qui a l'air d'une andouille, c'est vous.

UN : Ah ? c'est nous ? – Jamais j'aurais cru que nous étions aussi nombreux. Qu'est-ce que vous prenez ?

DEUX : C'est la carte ?

UN : C'est la carte.

Roland DUBILLARD, *Les Diaboliques*, éd. Marc Barbezat, l'Arbalète (1976).

Scène 10
Devant le tribunal

PATHELIN. – Dis donc, Agnelet ?

AGNELET. – Bée.

PATHELIN. – Viens ici, viens. Est-ce que j'ai bien réglé ton affaire ?

5　AGNELET. – Bée.

PATHELIN. – Ta partie[1] s'en est allée, tu n'as plus besoin de dire « bée ». Est-ce que je te l'ai bien entortillée ? Et mes conseils, ils étaient bons ?

AGNELET. – Bée.

10　PATHELIN. – Sapristi ! Personne ne t'entendra. Parle sans crainte. N'aie pas peur.

AGNELET. – Bée.

PATHELIN. – Il est l'heure que je m'en aille. Paie-moi.

AGNELET. – Bée.

15　PATHELIN. – À vrai dire, tu as très bien tenu ton rôle, tu t'es bien comporté. Ce qui l'a fait tomber dans le panneau, c'est que tu t'es retenu de rire.

AGNELET. – Bée.

PATHELIN. – Comment « bée » ? Il ne faut plus dire « bée ».
20　Paie-moi bien gentiment.

AGNELET. – Bée.

PATHELIN. – Comment « bée » ? Parle raisonnablement, et paie-moi. Alors je m'en irai.

AGNELET. – Bée.

25　PATHELIN. – Sais-tu quoi ? Je vais te dire une chose : sans continuer à me bêler après, il faut songer à me payer. J'en ai assez de tes bêlements. Allez, vite. Paie-moi.

---

1. Celui avec lequel tu étais en procès ; ici, Guillaume.

AGNELET. – Bée.

PATHELIN. – Est-ce que tu plaisantes ? C'est tout ce que tu vas
30 en faire ? Je te le jure, tu vas me payer, tu as compris ? À moins
qu'il ne te pousse des ailes ! Allons, l'argent, tout de suite.

AGNELET. – Bée !

PATHELIN. – Tu te moques de moi ? Alors quoi ? Je n'ob-
tiendrai rien de plus ?

35 AGNELET. – Bée.

PATHELIN. – Monsieur fait l'extravagant ! Et à qui vends-
tu tes excentricités ? Vas-tu comprendre à la fin ? Ne me rebats
plus les oreilles avec ton « bée », et paie-moi.

AGNELET. – Bée.

40 PATHELIN. – Je n'en tirerai pas un denier. Et de qui crois-tu
te moquer, s'il te plaît ? Dire que je devrais me féliciter de toi !
Eh bien, arrange-toi pour que je puisse le faire !

AGNELET. – Bée.

PATHELIN. – Ah, tu te paies ma tête ! Grand Dieu ! Je n'aurai
45 donc tant vécu que pour voir un berger, un bouseux, un
mouton habillé, me tourner en ridicule !

AGNELET. – Bée.

PATHELIN. – Je n'en tirerai pas une parole ? Si tu le fais
pour t'amuser, dis-le, ne me force pas à discuter. Viens souper
50 à la maison.

AGNELET. – Bée.

PATHELIN. – Ma foi, tu as raison : c'est Gros-Jean qui veut
en remontrer à son curé[2]. Je me croyais le maître des fourbes,
le roi des faiseurs de discours, des payeurs en belles paroles…
55 et un simple berger me surpasse ! *(Au berger.)* Je te préviens,
si jamais je trouve un sergent[3], je te fais arrêter !

---

2. Il s'agit d'un proverbe : celui qu'on croit naïf, sans instruction, domine celui qui est plus instruit. Gros-Jean est un surnom attribué au paysan un peu sot.
3. Voir scène 6, note 1, p. 54.

AGNELET. – Bée.

PATHELIN. – Bée, bée ! Le diable m'emporte ! Si je ne fais pas venir un bon sergent. Malheur à lui s'il ne t'envoie pas en
60   prison.

AGNELET, *s'enfuyant*. – S'il me trouve, je lui pardonne[4].

Pathelin et le berger.

4. Si un sergent parvient à m'attraper,
je ne lui en voudrai pas ! Il peut toujours courir !

Questions

Repérer et analyser

Le lieu

1 Dans quel lieu l'action se situe-t-elle ?

La progression du dialogue

2 Au début de la scène, que cherche à obtenir Pathelin ? Analysez les différentes étapes de sa démarche.

Pour répondre :

a. Dites quel argument il met en avant dans les lignes 1 à 8.

b. Dites quel autre moyen il emploie dans les lignes 15 à 17.

c. Relevez les trois adverbes successifs qu'il utilise dans les lignes 19 à 27. Dans quel ordre sont-ils placés ? En quoi cet ordre traduit-il sa colère grandissante ?

d. Identifiez les types de phrases des lignes 22 à 31. Sur quel ton Pathelin s'adresse-t-il à Agnelet ?

3 À quel moment Pathelin comprend-il qu'il a été dupé ? Quelles dernières tentatives fait-il auprès d'Agnelet (l. 48 à la fin) ?

4 Quel personnage a le dernier mot ? Est-ce celui qui possède l'art de manier le langage ?

Le comique

Le retournement de situation

> On dit qu'il y a retournement de situation quand la situation s'inverse pour les personnages : le trompeur est lui-même trompé.

5 **a.** Quel personnage trompe l'autre dans cette scène ? Par quel moyen ?

b. En quoi peut-on dire qu'il y a retournement de situation ?

Le comique de répétition

6 Comptez le nombre de fois où Pathelin emploie le verbe « payer ». À quel mode ce verbe est-il principalement conjugué ?

7 Combien de fois Agnelet prononce-t-il le mot « bée » ? En quoi est-ce comique ?

L'action

Le dénouement

La ou les scènes finales d'une pièce de théâtre constitue(nt) le dénouement :
l'action s'achève, le sort des personnages principaux est fixé.

8 Pour quel personnage le dénouement est-il heureux ? Pour quel
personnage est-il malheureux ? Justifiez votre réponse.

La visée

9 Quelle est la visée principale de cette scène ?

S'exprimer

Écrire une scène

10 Rédigez la scène qui pourrait faire suite à celle-ci : Pathelin est
de retour chez lui ; imaginez les questions que lui pose sa femme
et la façon dont il se tire de ce mauvais pas.

La Farce de Maître Pathelin

Les lieux

1 Faites la liste des différents lieux dans lesquels se déroule la pièce et retrouvez deux passages où plusieurs personnages jouent en même temps dans des lieux différents.

L'époque

2 À quelle époque se situe la pièce ? Relevez les traits de cette époque dans la manière dont les personnages s'habillent, parlent, font du commerce, rendent la justice.

Les personnages

3 Rédigez une fiche par personnage sur laquelle vous noterez, en vous référant toujours au texte : son aspect physique ; sa situation (son passé, son métier, sa vie de famille) ; son caractère ; son évolution au cours de la pièce.

4 Sur quel personnage recueillez-vous le plus de renseignements ?

L'action

Le tableau suivant indique la présence des personnages sur scène. Complétez-le sur votre cahier.

sc.	Pathelin	Guillemette	Guillaume	Agnelet	Le juge
1	x	x			
2					

5 Quel personnage est presque tout le temps en scène ? Qu'en déduisez-vous sur son importance dans l'intrigue ?

6 Reportez sur votre cahier le schéma suivant :

Indiquez à l'aide de flèches de couleurs différentes :
a. Qui trompe qui ?
b. Qui aide qui ?
7 a. Quel est le plus trompé des trois personnages ?
b. Qui triomphe à la fin de la pièce ? Quel coup de théâtre final a permis ce triomphe ? Le plus malin est-il honnête ?

Le comique

8 En vous appuyant sur vos recherches précédentes, recensez les différents procédés du comique dans cette pièce.

Les visées

9 Quelle est la visée principale de cette farce ?
10 Quels sont les défauts humains qui sont critiqués ?

L'étude d'un genre : la farce

11 Qu'est-ce qu'une farce ? (Voir l'introduction, p. 4.) Quelle est l'origine du mot ? Pourquoi la pièce s'intitule-t-elle « farce » ?
12 *La Farce de Maître Pathelin* se rapproche de la comédie par l'étude plus affinée des caractères, par un comique moins grossier, par la critique des vices et des défauts humains. Recherchez les éléments de la pièce qui confirment cette affirmation.

Deuxième partie

La satire
de la justice

Caricature de Daumier (1808-1879).

Introduction

La satire de la justice

L'argent est sujet de conflit et, à cause de lui, les hommes sont prêts à commettre toute sorte d'actes malhonnêtes. Pour régler leurs différends, ils font appel à des juges, des avocats ou des procureurs, avec plus ou moins de succès.

Certains écrivains, qui bien souvent ont eu des démêlés avec la justice, s'en sont vengés en raillant les magistrats. Ils en ont fait des marionnettes ou des clowns, et – parce que la façon dont on rend la justice a quelque chose de théâtral – les gens du Palais ont souvent été portés au théâtre de manière satirique.

Mais l'enjeu d'un procès est grave : il peut être question de sommes à verser, il peut s'agir de l'honneur, de la liberté, quelquefois de la vie d'un homme. Si le lecteur ou le spectateur sourit, il est aussi amené à réfléchir : ce ne sont pas seulement les hommes de loi qui sont en cause, c'est le fonctionnement même de la justice qui est mis en cause.

Fabliau

Du prud'homme[1]
qui sauva son compère[2]

Les fabliaux sont des contes composés au XIIe et au XIIIe siècle. Récités par des jongleurs qui allaient de ville en village, d'un château à un autre, pour un public de seigneurs, de bourgeois ou de paysans, ils amusaient les bonnes gens en se moquant d'eux sans méchanceté, car ils étaient faits pour « la risée et la raillerie ».

Il y avait un pêcheur qui s'en allait en mer pour tendre ses filets. Il était tout seul sur son bateau.

Voilà qu'il regarde la mer, il regarde et il voit... quelque chose droit devant lui. Qu'est-ce que c'est ?... C'est un homme,
5 un homme en train de se noyer.

Le pêcheur est brave, très agile : il se dresse sur ses pieds, attrape un crochet, le brandit pour agripper l'homme, en l'agrippant le frappe en plein visage, si bien que le crochet lui entre dans l'œil. Il le tire jusqu'au bateau, aussitôt s'en
10 retourne à terre, sans plus s'occuper de ses filets, rentre dans sa demeure, y fait porter l'homme. Il s'occupe de lui et le soigne bien, très bien jusqu'à ce que celui-ci soit tout à fait rétabli.

Longtemps après, cet homme se met à réfléchir : il a perdu un œil, il a subi un dommage. « Ce vilain[3] m'a crevé l'œil, moi,
15 je ne lui ai fait aucun tort. Je vais porter plainte contre lui. Je lui causerai des ennuis. »

Il se met en route, va se plaindre auprès du Maire. Le Maire fixe le jour de l'audience[4]. Les voilà tous les deux, l'homme

---

1. Honnête homme, homme honorable.   **3.** Paysan.
2. Camarade.   **4.** La comparution devant le tribunal.

et le pêcheur, en train d'attendre le jour où ils doivent compa-
20 raître devant la Cour.

Celui qui a perdu son œil dépose le premier, c'est justice.

« Seigneurs, dit-il, je porte plainte contre ce prud'homme :
l'autre jour il m'a violemment frappé avec un crochet. Il m'a
crevé l'œil, j'en ai subi grand dommage. Faites-moi justice,
25 c'est tout ce que je demande. »

L'autre, sans attendre, répond :

« Seigneurs, c'est vrai, je lui ai crevé l'œil. Mais attendez :
je vais vous expliquer comment c'est arrivé et vous me direz
si j'ai eu tort. Cet homme était en péril de mort, au milieu de
30 la mer, il allait se noyer. Je lui ai porté aide, je l'ai frappé
avec un crochet. Ce crochet m'appartenait, je ne peux pas le
nier. Mais cela, je l'ai fait pour son bien. Je lui ai sauvé la vie.

Je ne parlerai pas davantage, cela ne servirait à rien. Pour
l'amour de Dieu, faites-moi justice. »

35 Les juges sont bien embarrassés. Comment prononcer une
sentence équitable[5] ?

Alors un fou[6] qui se trouvait là, justement, à la Cour, prend
la parole :

« Pourquoi hésitez-vous ? Le prud'homme qui a parlé le
40 premier, qu'on le remette à la mer, juste à l'endroit où l'autre
l'a frappé au visage. S'il s'en tire, le pêcheur lui paiera une
amende. Il me semble que c'est un jugement correct. »

Alors tous ensemble se récrient :

« Voilà qui est parlé ! Personne ne cassera ton jugement ! »
45 La sentence est prononcée. L'homme entend qu'il sera remis
à la mer, la mer froide avec ses grosses vagues, où il a tellement souffert. Pour rien au monde il n'y retournerait.

---

5. Juste, qui ne fait de tort à personne.   **6.** Un bouffon qui devait amuser les gens de la Cour.

Il retire sa plainte contre le prud'homme et se fait blâmer par bien des gens.

50   Je vous le dis bonnement[7], c'est perdre son temps que de rendre service à un malhonnête homme. Sauvez de la potence un voleur, jamais il ne vous aimera. Jamais un méchant ne vous sera reconnaissant.

Du prud'homme qui sauva son compère (fabliau),
version en français moderne de Françoise Rachmuhl.

---

7. Avec simplicité.

Repérer et analyser

Le statut du narrateur

Le narrateur est celui qui raconte l'histoire. Définir le statut du narrateur, c'est dire s'il est ou non personnage de l'histoire.

S'il est personnage de l'histoire, il mène le récit à la première personne. S'il est absent de l'histoire, il mène le récit à la troisième personne. Il peut toutefois intervenir dans le récit par des commentaires.

1 **a.** Définissez le statut du narrateur.
b. Relevez des commentaires du narrateur. Quel est leur intérêt ?

La progression du récit

2 **a.** Quelle est la situation initiale ? Quel événement survient ?
b. Quelles sont les principales actions qui s'enchaînent ?
c. Quel est le dénouement ?

Le mode de narration

3 Par quels procédés le narrateur a-t-il mis en valeur la précision et la rapidité des gestes du pêcheur (l. 6 à 12) ? Pour répondre, relevez les verbes de mouvement. Combien y en a-t-il ? Identifiez leur temps.

4 Repérez les passages dialogués. Qui parle ? Quel est l'intérêt pour le narrateur d'avoir utilisé des dialogues ?

Les personnages

5 Quel est le problème qui se pose aux juges ? Pour quelle raison sont-ils embarrassés ?

6 **a.** Quel personnage propose une solution ?
b. Quel rôle ce personnage jouait-il dans la société du Moyen Âge ? Quel est l'effet produit par le fait que ce soit ce personnage qui propose une solution ?

La visée

7 De qui le fabliau se moque-t-il ? Quelle morale peut-on en tirer ?

S'exprimer

8 On n'a pas écouté le fou et une autre sentence a été prononcée. Laquelle ? Racontez en imaginant la suite du récit.

9 Composez un récit qui se terminera par cette phrase : « Jamais un méchant ne vous sera reconnaissant. »

Enquêter

10 Recherchez au CDI ou à la bibliothèque d'autres fabliaux. Choisissez-en un et lisez-le à la classe. Dites de quelle catégorie de personnage se moque le narrateur.

Jean de la Fontaine
Le Chat, la Belette et le petit Lapin

Du palais d'un jeune Lapin
Dame Belette, un beau matin,
S'empara : c'est une rusée.
Le maître étant absent, ce lui fut chose aisée.
5 Elle porta chez lui ses pénates[1], un jour
Qu'il était allé faire à l'Aurore sa cour
Parmi le thym et la rosée.
Après qu'il eut brouté, trotté, fait tous ses tours,
Janot Lapin retourne aux souterrains séjours.
10 La Belette avait mis le nez à la fenêtre.
« Ô Dieux hospitaliers[2] ! que vois-je ici paraître ?
Dit l'animal chassé du paternel logis.
Holà ! Madame la Belette,
Que l'on déloge sans trompette[3],
15 Ou je vais avertir tous les Rats du pays. »
La dame au nez pointu répondit que la terre
Était au premier occupant[4].
C'était un beau sujet de guerre,
Qu'un logis où lui-même il n'entrait qu'en rampant.
20 « Et quand ce serait un royaume,
Je voudrais bien savoir, dit-elle, quelle loi
En a pour toujours fait l'octroi[5]

---

1. Dieux du foyer chez les Romains, d'où le foyer lui-même.
2. Protecteurs du logis.
3. Sans faire de difficulté ; allusion aux troupes qui s'éloignent sans bruit pour ne pas se faire remarquer.

4. Le premier qui trouve un bien sans propriétaire déclaré s'en empare.
5. Fait le don, à titre de faveur.

À Jean, fils ou neveu de Pierre ou de Guillaume,
   Plutôt qu'à Paul, plutôt qu'à moi ! »
25 Jean Lapin allégua la coutume et l'usage[6] :
« Ce sont, dit-il, leurs lois qui m'ont de ce logis
Rendu maître et seigneur, et qui, de père en fils,
L'ont de Pierre à Simon, puis à moi, Jean, transmis.
Le premier occupant, est-ce une loi plus sage ?
30   – Or bien, sans crier davantage,
Rapportons-nous, dit-elle, à Raminagrobis. »
C'était un Chat, vivant comme un dévot ermite[7],
   Un Chat faisant la chattemite[8],
Un saint homme de Chat, bien fourré, gros et gras,
35   Arbitre expert sur tous les cas.
   Jean Lapin pour juge l'agrée[9].
   Les voilà tous deux arrivés
   Devant sa majesté fourrée.
Grippeminaud[10] leur dit : « Mes enfants, approchez,
40 Approchez, je suis sourd, les ans en sont la cause. »
L'un et l'autre approcha, ne craignant nulle chose.
Aussitôt qu'à portée il vit les contestants,
   Grippeminaud, le bon apôtre[11],
Jetant des deux côtés la griffe en même temps,
45 Mit les plaideurs d'accord en croquant l'un et l'autre.

Ceci ressemble fort aux débats[12] qu'ont parfois
Les petits souverains se rapportant aux rois.

Jean de LA FONTAINE, Fables, Livre VII (1678).

---

6. Invoqua le fait que ses ancêtres
avaient toujours occupé la place.
7. Homme retiré dans la solitude pour prier.
8. L'hypocrite.
9. L'accepte.

10. Comme Raminagrobis, un autre nom
du chat, Grippeminaud est l'archiduc des
Chats-Fourrés, les juges chez Rabelais.
11. L'hypocrite.
12. Contestations, disputes.

Questions

Repérer et analyser

Le genre du texte

1 Délimitez les lignes qui constituent le récit et celles qui constituent la morale.

La progression du récit

2 **a.** Quelles sont les différentes actions qui s'enchaînent dans cette fable ?
b. Quel en est le dénouement ?
c. Quelle est la situation finale ?

Les personnages

3 **a.** En quoi les animaux sont-ils personnifiés ?
b. Quels traits propres à leur espèce animale conservent-ils ? Appuyez-vous notamment sur les expressions qui désignent et caractérisent les animaux (aspect physique, allure, mode de vie, habitat).
c. Lesquels s'opposent ? Qui l'emporte ?

Le mode de narration

4 Étudiez la versification des trois premiers vers.
a. Comptez les syllabes des vers. Quels sont les deux types de vers employés ? Quelles phrases, quelles expressions sont mises en valeur dans les vers plus courts ?
b. On appelle « rejet » un mot placé au début d'un vers, mais appartenant à la phrase commencée dans le vers précédent. Retrouvez dans le texte un rejet. Quel mot renforce-t-il ainsi ?
c. Dans quels vers sont évoquées les occupations de Janot Lapin au petit matin ? Quelle est l'allure du jeune lapin ? Comment le rythme du vers et l'accumulation des verbes rendent-ils cette allure du lapin ?

5 Relevez les passages dialogués. Qui parle ? Quelle est la fonction des dialogues ?

6 La périphrase

La périphrase consiste à remplacer un terme par une expression de même sens. La périphrase peut contribuer à apporter une caractérisation méliorative ou péjorative.

Exemple : le roi des animaux = le lion.

Relevez la périphrase qui désigne la belette. Quel trait physique met-elle en valeur ?

La visée

7 Quels défauts humains sont visés dans cette fable ? Formulez autrement la morale qu'on peut en tirer.

S'exprimer

Écrire des périphrases

8 Choisissez quatre animaux qui pourraient être des personnages de fable. Imaginez des périphrases qui les désignent.

Eugène Labiche

L'avocat pédicure

Eugène Labiche (1815-1888) a écrit de très nombreuses pièces, parmi lesquelles Un chapeau de paille d'Italie *(1851) et* Le Voyage de Monsieur Perrichon *(1860). Ses comédies nous font rire aux dépens des petits-bourgeois qu'il dépeint, sans méchanceté mais sans illusions.*

La scène se passe à Paris chez Maître Barbenchon. Sans y être préparé le moins du monde, Philoctète, qui est pédicure, se fait passer pour Maître Barbenchon, avocat, pour rendre service à celui-ci, obligé de se cacher.

Personne ne connaît Philoctète. Tout le monde le prend pour l'avocat Barbenchon. Il doit défendre les intérêts de son client, Rambour, qui se dispute avec son frère aîné pour une question d'héritage.

Rambour assiste à la scène avec son neveu Alfred.

Quant à Chaffaroux, un ancien juge de paix, conseiller municipal à Asnières, il défend les intérêts de l'autre frère Rambour, l'aîné, absent.

Dans cette scène de plaidoirie, tout va donc se jouer entre Chaffaroux, qui n'est pas véritablement avocat, et Philoctète, qui ne l'est pas du tout.

PHILOCTÈTE. – Eh bien ! commençons… Ah çà ! ne nous embrouillons pas. *(À Rambour.)* Vous, […] asseyez-vous là… *(À Chaffaroux)* Vous ?

CHAFFAROUX. – Fondé de pouvoir de Rambour aîné[1].

---

1. Chargé de s'occuper des affaires de Rambour aîné et d'agir en son nom.

5 PHILOCTÈTE. – Ah ! ah ! mon adversaire, alors ? ici. *(On s'assied.)*

RAMBOUR. – Si maître Barbenchon voulait d'abord nous exposer les faits.

PHILOCTÈTE. – Volontiers… *(À Chaffaroux.)* Je dois vous
10 prévenir que je suis un peu mordant[2].

CHAFFAROUX. – Moi, à Asnières, dans le conseil municipal, je passe pour caustique[2].

RAMBOUR. – La parole est à maître Barbenchon.

CHAFFAROUX. – Je vais donc, enfin, entendre un grand
15 orateur… mordant. […]

PHILOCTÈTE, *se lève avec solennité, se découvre, tousse, crache et se mouche.* – Messieurs, la cause que je suis appelé à défendre est la seule juste, la seule bonne, la seule raisonnable…

RAMBOUR. – Très bien ! très bien !

20 CHAFFAROUX. – Chut !… n'interrompez pas.

PHILOCTÈTE. – Car… quoi de plus juste, messieurs, qu'entre deux frères, l'avantage reste à l'aîné[3].

RAMBOUR, *tirant Philoctète par sa robe.* – Mais non… mais non… qu'est-ce qu'il dit donc ?

25 PHILOCTÈTE, *déclamant.* – Le titre de frère aîné n'est-il pas le plus saint, le plus sacré, le plus respectable !… N'est-ce pas la force qui inspire le respect ?

RAMBOUR, *se levant.* – Mais vous plaidez pour mon frère… c'est lui qui est l'aîné…

30 PHILOCTÈTE. – Il fallait donc le dire… je recommence. Messieurs, la cause que je suis appelé à défendre est la seule juste, la seule bonne, la seule raisonnable.

CHAFFAROUX. – Mais c'est la même chose !

RAMBOUR. – Puisqu'il recommence !

---

2. Agressif, blessant.
3. Philoctète a oublié qu'il devait défendre Rambour jeune et non Rambour aîné.

35 PHILOCTÈTE. – Car… quoi de plus juste, messieurs ! qu'entre deux frères, l'avantage reste au plus jeune.

RAMBOUR. – À la bonne heure !

PHILOCTÈTE, *avec onction*[4]. – Ce titre de plus jeune, n'est-il pas le plus saint, le plus sacré, le plus respectable… n'est-

40 ce pas la faiblesse qui réclame la protection !

CHAFFAROUX, *à part*. – Quelle souplesse d'argumentation.

PHILOCTÈTE, *avec force*. – En vain l'on viendra me citer l'opinion de mon adversaire… mais cette opinion est absurde, choquante, blessante, et même compromettante !…

45 CHAFFAROUX, *se levant*. – Permettez ! … je n'ai encore rien dit.

PHILOCTÈTE. – Ne m'interrompez pas … je fais de la critique !

RAMBOUR, *à Chaffaroux*. – Il fait de la critique.

PHILOCTÈTE. – Chacun le sait ! mon adversaire est un homme

50 sans probité, sans mœurs, sans caractère…

CHAFFAROUX. – Mais ce sont des injures…

PHILOCTÈTE, *très haut*. – Je fais de la critique !

RAMBOUR. – Il fait de la critique.

PHILOCTÈTE, *montrant Chaffaroux*. – Je ne vous parlerai

55 pas de sa laideur… mais s'il fallait pénétrer dans sa vie privée… ah ! pouah !…

CHAFFAROUX. – Comment ! pouah !

PHILOCTÈTE. – Rassure-toi… ô Chaffaroux !

CHAFFAROUX, *à part*. – Il me tutoie !

60 PHILOCTÈTE, *avec pudeur*. – Nous n'interrogerons pas les bosquets d'Asnières… nous n'irons pas fouiller les mystères de ton potager… anacréontique[5] !

CHAFFAROUX, *se levant, furieux*. – Je ne souffrirai pas… je ne souffrirai pas !

---

4. Douceur exagérée.
5. Digne d'Anacréon, poète grec qui a   célébré l'amour. Allusion aux mésaventures conjugales de Chaffaroux.

65 PHILOCTÈTE, *avec dignité.* – Aurait-on l'intention d'interdire la critique en France, dans notre vieux pays des Gaules ?... Oh ! je devine le but de ces interruptions. *(Gesticulant très fort.)* On veut nous lier les bras... on veut nous mettre un bâillon... on veut...

70 RAMBOUR. – Calmez-vous ! calmez-vous !

PHILOCTÈTE, *avec une dignité calme.* – Puisqu'il en est ainsi, messieurs... il ne me reste plus qu'à déchirer ma toge[6] et à m'en voiler la face en signe de deuil ! *(Il se rassoit.)*

RAMBOUR, *vivement.* – Ne déchirez pas !

75 PHILOCTÈTE, *très calme.* – Soyez donc tranquille... c'est une figure[7].

ALFRED, *à part.* – Décidément, l'avocat se moque de nous.

PHILOCTÈTE. – J'avais prévenu mon adversaire que je serais mordant.

80 CHAFFAROUX. – Mordant !...

PHILOCTÈTE. – Je crois l'avoir été...

CHAFFAROUX. – Mordant !... quand, depuis une heure, vous me clouez au gibet de vos diffamations[8] !

PHILOCTÈTE, *se relevant.* – Si je me relève, c'est pour rendre
85 justice à la pureté de ses mœurs et à la noblesse de son caractère[9]... j'ai dit !...

CHAFFAROUX. – Il n'y a pas de mal, monsieur Barbenchon, je connais les us[10] du barreau.

PHILOCTÈTE, *prenant amicalement une prise dans la tabatière*
90 *de Chaffaroux.* – C'est de l'épigramme[11]... Pardieu ! vous avez d'excellent tabac.

CHAFFAROUX. – Oui, j'y mets de la fève.

---

6. Ample robe revêtue par les Romains, aujourd'hui par les hommes de loi au tribunal.
7. Une figure de style. Ici, l'hyperbole ou exagération.
8. Calomnie.

9. Le caractère et les mœurs de son adversaire, c'est-à-dire de Chaffaroux. Philoctète se contredit.
10. Les habitudes des avocats.
11. Un petit poème satirique.

RAMBOUR, *étonné*. – Comment ! ils causent tabac !... *(À Philoctète.)* Mais ce n'est pas fini.

95 PHILOCTÈTE. – Quoi ? ah ! vous en voulez encore ? ...

RAMBOUR. – Examinez au moins les pièces.

PHILOCTÈTE. – Il y a des pièces ?

RAMBOUR. – Sans doute : voici d'abord l'extrait mortuaire d'Anastase-Clément Sirop.

100 PHILOCTÈTE, *à part*. – Mon oncle.

RAMBOUR. – Revenant des îles de la Sonde et décédé au Havre, de la pierre[12]...

PHILOCTÈTE. – Comment !... il est mort ?

RAMBOUR. – Mais oui... c'est la cause de la contestation.

105 PHILOCTÈTE. – Il y a une contestation ?

ALFRED. – Mais oui, pour l'héritage !

PHILOCTÈTE. – Il y a un héritage ?

RAMBOUR, *impatienté*. – Vingt mille francs !... *(À part.)* Il est tout à fait dénué[13], cet avocat ! *(Tout le monde se lève.)*

110 PHILOCTÈTE. – Vingt mille !... comment !... ça se pourrait...

RAMBOUR. – Je prétends les avoir, et mon frère, de son côté...

PHILOCTÈTE. – Rassurez-vous, vous ne les aurez ni l'un ni l'autre... Il y a un héritier... plus proche... un neveu.

TOUS. – Un neveu ?

115 PHILOCTÈTE. – Qui vous dégomme[14] tous... pour vous mettre d'accord.

ALFRED, *à part*. – Quel espoir !

RAMBOUR. – C'est impossible.

CHAFFAROUX. – Son nom ?

120 PHILOCTÈTE. – Un nom superbe ! Philoctète-Amable Sirop.

Eugène LABICHE, *L'Avocat pédicure*, extrait de la scène 16 (1848).

---

12. D'une maladie du rein.
13. Dépourvu d'esprit, stupide.
14. Familier. Qui vous fait perdre votre titre d'héritier. Un neveu est plus proche parent qu'un cousin : Philoctète, neveu d'Anastase Sirop, empochera l'héritage au nez des frères Rambour qui ne sont que cousins.

Questions

Repérer et analyser

Les personnages

1 Quels sont les personnages présents dans cette scène ? Quelle est la fonction de chacun ?

Les didascalies

2 Repérez les didascalies. Elles donnent des indications de types différents. Lesquels ? Appuyez votre réponse en donnant des exemples.

La progression du dialogue

3 Quelle erreur Philoctète commet-il en commençant sa plaidoirie (l. 22) ? Dans quels termes recommence-t-il à plaider ?

4 Comment agit-il vis-à-vis de son adversaire Chaffaroux (l. 42 à 62) ? Comment celui-ci réagit-il ? À quel moment Philoctète se contredit-il ? Quelle est alors la réaction de Chaffaroux ?

5 Examinez attentivement les réactions de toutes les personnes qui assistent à la plaidoirie. Sont-elles indignées ? Relevez les phrases prouvant qu'elles ont l'impression d'assister à un jeu auquel elles sont habituées.

Le comique

6 Repérez, au cours de cette scène, les différents retournements de situation. Lequel est le plus important pour l'intrigue ?

La visée

7 Quelle est la visée de cette scène ?

Georges Courteline

Un client sérieux

À la fin du XIXe siècle, Georges Courteline (1858-1929) s'est, lui aussi, moqué des hommes de loi. Juge, assesseurs[1], substitut[2], jusqu'à l'huissier[3], concierge du Palais, tous se soucient beaucoup plus de leurs intérêts personnels que de la justice.

Il est midi. Le président de la cour, qui fait fonction de juge, a deux petites affaires à traiter ; il est pressé car il doit prendre le train de deux heures dix-sept. Pour gagner du temps, il demande au substitut de mettre un frein à son éloquence. Mais cela ne suffira pas.

Scène première

Le PRÉSIDENT. – Deux affaires seulement, vous dites ?

Le SUBSTITUT. – Deux. Une affaire entre parties[4] ; l'autre à la requête du ministère public[5].

Le PRÉSIDENT. – Ma foi, nous n'en jugerons qu'une. Quant
5 à la seconde, vous aurez l'obligeance d'en demander le renvoi à huitaine.

Le SUBSTITUT. – Ça fera la quatrième remise[6].

Le PRÉSIDENT. – Je ne vous dis pas le contraire. De quoi s'agit-il ?

---

1. Juges qui aident le président dans l'exercice de ses fonctions.
2. Le substitut du procureur remplace le procureur, chargé de représenter les intérêts de la société.
3. Employé chargé d'introduire les magistrats au tribunal.

4. Entre deux personnes en désaccord.
5. Le ministère public a inculpé l'homme pris en flagrant délit.
6. L'affaire a été renvoyée à plus tard.

10 LE SUBSTITUT, *consultant le dossier.* – C'est une espèce de farceur qui a été arrêté le dimanche des Rameaux, devant Notre-Dame de Lorette, vendant du cresson pour du buis[7].

LE PRÉSIDENT, *dans un geste large.* – Ça peut attendre. Vous comprenez, mon cher, qu'avec la meilleure volonté du monde, 15 je ne peux pourtant pas obliger la Cie du P.L.M.[8] à remettre le départ de ses trains.

[...]

Scène 3

La 12e chambre correctionnelle. Coup de sonnette.

L'HUISSIER. – Le tribunal, Messieurs ! Levez-vous.

Tout le monde se lève. Entrée solennelle des magistrats. Le substitut apparaît le dernier, ses dossiers sous le bras. Le trop 20 *large ruban de son monocle[9] lui sabre le visage d'une barre d'encre.*

[...]

LE PRÉSIDENT, *installé entre ses deux assesseurs.* – L'audience est ouverte. *(À l'huissier.)* Appelez !

L'HUISSIER, *à tue-tête.* – Le ministère public contre Jean-Paul 25 Mapipe ! – Mapipe !

LE PAUVRE MAPIPE, *au banc des prévenus et flanqué de deux municipaux*[10] – Présent !... Ous'qu'est mon avocat ?

L'AVOCAT DE MAPIPE, *entrant par la porte des témoins.* – Je suis là. Calmez-vous, Mapipe.

---

7. Le dimanche des Rameaux, huit jours avant Pâques, on célèbre l'entrée du Christ à Jérusalem. En souvenir des palmes agitées par la foule devant son passage, les chrétiens, aujourd'hui, emportent des rameaux de buis bénit.

8. Compagnie des chemins de fer Paris-Lyon-Méditerranée.
9. Petit verre correcteur que l'on fait tenir sur un œil, coincé dans l'arcade sourcilière, et attaché au bout d'un ruban.
10. Soldats de la garde municipale.

30 LE PAUVRE MAPIPE, *au tribunal.* – Ça n'est pas pour vous acheter, mais vous y mettez le temps, bon Dieu ! *(À l'auditoire.)* Trois remises, messieurs et dames ; trois remises !... Un mois que je suis en prévention[11].

LE PRÉSIDENT. – Maître, faites taire votre client. *(Au* 35 *substitut.)* Hum !

L'AVOCAT. – Un peu de silence, donc, Mapipe !

LE PAUVRE MAPIPE. – Et remarquez que je l'avais fait bénir ! C'était du cresson bénit !

L'AVOCAT. – Silence donc !

40 LE PAUVRE MAPIPE, *entre ses dents.* – Du cresson bénit, c'est pus comme de la salade.

LE PRÉSIDENT. – Mapipe, levez-vous. *(Au substitut.)* Hum !... Hum ! *(À Mapipe.)* Vous êtes poursuivi pour tromperie sur la qualité de la marchandise vendue. *(Au substitut.)* Hum !... 45 Hum !... Hum !

LE SUBSTITUT, *enfin rappelé au sentiment de ses devoirs*[12]. – Un mot, monsieur le président. *(Il se lève.)* Bien qu'étant le premier à regretter les lenteurs apportées à la solution de cette affaire, je me vois dans l'obligation d'en demander le renvoi 50 une fois de plus. Si mes renseignements sont exacts – et j'ai lieu de les croire tels – le prévenu ne serait pas un malfaiteur vulgaire ; il aurait eu maille à partir avec divers Parquets[13] de province. Une enquête a été ordonnée, dont le résultat n'est pas encore connu. Je demande donc la remise à huitaine de 55 l'affaire soumise à votre juridiction, ne pouvant hésiter un instant entre les intérêts d'un personnage suspect, si sacrés qu'ils puissent m'apparaître, et ceux, autrement importants, de la Justice et de la Loi. *(Il se rassied.)*

---

11. En prison, en attendant d'être jugé.
12. Le substitut se souvient brusquement que le président lui a demandé d'obtenir le renvoi de l'affaire.

13. L'accusé aurait déjà eu affaire à différents tribunaux en province. Le parquet désigne le ministère public, les procureurs et les substituts.

Le pauvre Mapipe, *effaré.* – Quoi ?... Quoi ?... Encore une
60 remise ?... Ah çà ! vous vous payez ma gueule !

Le président, *à l'avocat.* – Maître, invitez votre client à s'exprimer d'une façon plus convenable ; c'est un service à lui rendre.

L'avocat. – Je sollicite l'indulgence en faveur de ce pauvre diable. Voilà un mois qu'il est sous...

65 *Il laisse échapper sa serviette et se baisse pour la ramasser.*

Le pauvre Mapipe, *prenant l'auditoire à témoin.* – Moi ?...
je suis soûl ?

L'avocat, *achevant sa phrase.* – ... sous les verrous, et son impatience légitime en dit plus long pour sa défense que tous
70 les arguments du monde. Au surplus, nous sommes, lui et moi, aux ordres du tribunal. Je me bornerai à faire remarquer qu'il me sera impossible de prendre la parole d'aujourd'hui en huit. Je pars lundi pour Carcassonne, où je plaide le procès Baloche.

75 Le président. – Fort bien, maître. À quinzaine, alors.

L'huissier, *dans l'auditoire, sa toque à la main.* – Je ferai remarquer à mon tour que, dans quinze jours, ce sera la semaine de la Pentecôte, pendant laquelle les tribunaux ne siègent pas.

80 Le président. – Ah ! diable... *(Courte réflexion.)* Ma foi, Messieurs, tant pis ! Nous n'y pouvons rien. – À trois semaines !

Le juge Foy de Vaulx, *avec douceur.* – Non.

Le président, *surpris.* – Pourquoi ?

85 Le juge Foy de Vaulx. – J'ai sollicité et obtenu du garde des Sceaux[14] un congé de deux mois pour raison de santé. Or, la loi frappe de nullité[15] tout jugement rendu par un tribunal composé d'autres magistrats que ceux ayant siégé à la première audience.

---

14. Ministre de la Justice.   15. Absence de validité d'un acte juridique.

90 LE PRÉSIDENT. – C'est rigoureusement exact. Eh bien, mon cher collègue, nous attendrons votre retour pour statuer sur l'affaire Mapipe.

LE PAUVRE MAPIPE. – Ce qui nous renvoie en août !

LE PRÉSIDENT. – Oui ! – Et encore non ; je me trompe. Août,
95 c'est l'époque des vacances.

L'AVOCAT. – Renvoyons après vacations[16].

LE SUBSTITUT. – Il n'y a que ça à faire.

LE PRÉSIDENT. – Mon Dieu, oui. *(Consultant ses assesseurs.)*
Hum ?… Hum ? *(Haut.)* Après vacation ! – Emmenez, gardes !
100 LE PAUVRE MAPIPE, *emmené par les municipaux.* – Cré bon Dieu de bonsoir de bon Dieu de vingt Dieu de nom de Dieu de bon Dieu du tonnerre de Dieu de bon Dieu de sacré bon Dieu de nom de Dieu…

Il disparaît.

105 LE PRÉSIDENT. – Et d'une ! – La seconde affaire, huissier.

Georges COURTELINE, *Un client sérieux*,
extrait des scènes 1 et 3 (1896).

Dessin humoristique
de Jossot (1901).

16. Ici, vacances des tribunaux.

Questions

Repérer et analyser

Les personnages

1 Qui sont les personnages qui apparaissent dans cet extrait ? Quels sont leurs rôles respectifs ?

2 En quoi consiste le délit commis par le « pauvre Mapipe » ? Ce délit vous paraît-il grave ?
Depuis combien de temps est-il en prison préventive pour cela ? Combien de temps risque-t-il d'y rester encore compte tenu de la remise demandée ?

3 À quelle catégorie sociale appartient Mapipe ? Relevez les caractéristiques de son langage en citant le texte. Relevez un jeu de mots dû à sa mauvaise compréhension du langage.

4 Comment s'exprime le substitut ? Citez le texte.

5 À quels détails voit-on que le juge est pressé ? Pourquoi tousse-t-il en s'adressant au substitut (l. 34 à 45) ?

Le comique

6 Quels sont les procédés comiques utilisés par Courteline dans cette scène (langages différents, jeux de mots, jeux de scène, traits de caractère…) ? Appuyez-vous sur le texte.

La visée

7 À qui s'adressent les critiques formulées par Courteline dans cette pièce : aux magistrats ? à l'appareil judiciaire lui-même ? Justifiez votre réponse.

Enquêter

8 Cherchez qui est Daumier. Présentez sa vie et son œuvre sous forme d'exposé, en insistant particulièrement sur les caricatures qu'il a faites des gens de justice.

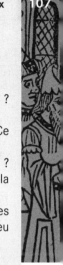

Marcel Aymé
La tête des autres

Marcel Aymé (1902-1967) n'est pas seulement l'auteur des Contes du Chat perché. *Il a écrit des romans, des nouvelles et quelques pièces de théâtre.*

Maillard est procureur, c'est-à-dire que dans les procès criminels, il représente les intérêts de la société et peut être amené, pour défendre celle-ci, à réclamer de lourdes peines pour l'accusé.
La scène commence dans la maison de Maillard. Sa femme et ses amis, Louis et Renée, l'attendent avec anxiété : il est tard et il a été retenu au Palais où se déroule un procès important.
Maillard arrive enfin, une serviette en cuir à la main.

LOUIS. – Alors ?
(Maillard a un hochement de tête mélancolique.)
RENÉE. – Ça y est. Cet animal de Valorin[1] s'en est tiré !
JULIETTE. – J'en avais le pressentiment.
5   LOUIS. – Mon pauvre vieux. Alors, non ? Ça n'a pas marché ?
MAILLARD, *il éclate de rire et, l'air triomphant, vient à Juliette.* – Mais si ! Ça a très bien marché puisque j'ai fait condamner mon bonhomme.
LOUIS. – C'est vrai ? Les travaux forcés ? À perpétuité ?
10   MAILLARD. – Pas du tout ! Il est bel et bien condamné à mort !
RENÉE ET LOUIS, *battant des mains.* – Bravo ! Bravo ! C'est épatant !
JULIETTE, *se jetant au cou de son mari.* – Mon chéri ! Comme je suis heureuse ! Non, tu ne peux pas savoir quel bonheur
15   c'est pour moi ! J'ai passé par de telles angoisses ! Je n'osais

---

1. C'est le nom de l'accusé.

plus espérer la bonne nouvelle. Tu ne rentrais pas… tu ne télé-
phonais pas…

MAILLARD, *ému.* – Ma chère petite. *(Il lui baise le front.)* Le
verdict a été rendu tard et j'ai dû ensuite écouter le chef de
20 cabinet de Robichon qui m'a tenu encore vingt minutes.

RENÉE. – Et en entrant, vous nous avez fait marcher en
prenant une mine d'enterrement, comme si le type avait été
acquitté ! *(Mutine[2].)* C'est vilain, ce que vous avez fait là,
procureur Maillard.

25 *(Renée et Juliette prennent Maillard chacune par un bras.)*

JULIETTE. – Oui, c'est très vilain et nous sommes tous très fâchés.

MAILLARD. – Je demande pardon à tous et je promets de ne
plus le faire jamais.

JULIETTE. – On lui pardonne ?

30 RENÉE. – Pour cette fois, on lui pardonne parce que c'est un
homme inouï, formidable, génial !

LOUIS. – J'avoue que je ne m'attendais pas à une condam-
nation à mort.

MAILLARD. – Très franchement, je n'y croyais pas non plus.
35 Bien sûr, il s'agissait d'un crime crapuleux[3]. Mon bonhomme
avait assassiné une vieille dame pour la voler, mais, après tout,
il n'y avait pas de preuve décisive. En somme, il existait un
faisceau de très graves présomptions, mais qui n'étaient tout
de même que des présomptions[4]. Les empreintes digitales, qui
40 étaient d'ailleurs bien les siennes, ne constituaient pas non
plus une charge suffisante. La défense avait beau jeu. Vous
n'avez qu'une certitude morale, plaidait Maître Lancry. Et,
au bout du compte, c'était vrai.

LOUIS. – Évidemment, sa position était forte. Vous avez dû
45 vous démener comme un diable.

---

2. Taquine.
3. Commis par une crapule, un homme sans scrupule.
4. Opinions fondées seulement sur des apparences.

MAILLARD. – C'est bien simple, je suis claqué. Vingt fois, j'ai cru que l'accusé sauvait sa tête. Je le sentais m'échapper, me filer entre les doigts. Chaque fois, j'ai réussi à donner le coup de barre qui le faisait rentrer dans l'ornière.

50 LOUIS. – L'ornière de la justice. *(On rit.)*

MAILLARD. – Mais le pire était que cet animal-là inspirait la sympathie. Pour un procureur, il n'y a rien de plus pénible ni de plus dangereux. Ce n'était pas du tout le genre de brute auquel on pouvait s'attendre. C'en était même très exacte-
55 ment le contraire.

LOUIS. – Qu'est-ce qu'il faisait, dans la vie, votre accusé ?

MAILLARD. – Il était joueur de jazz.

LOUIS. – Ah ! C'est vrai.

MAILLARD. – Imaginez un garçon de trente-deux ans, l'air
60 plutôt distingué malgré sa profession, avec un visage énergique, respirant la franchise, l'honnêteté, et un regard intelligent, des manières et une élocution[5] aisées, une voix parfois frémissante qui pouvait émouvoir.

RENÉE. – Il était beau ?

65 MAILLARD. – Pas mal. Avec ça, un certain chic dans la façon de s'habiller, une élégance un peu négligée.

JULIETTE. – Il y avait des femmes dans le jury ?

MAILLARD. – Deux.

JULIETTE. – Tu avais vraiment tout contre toi.

70 MAILLARD. – Tu peux le dire. Quand le prévenu protestait de son innocence, je sentais fléchir la salle, le jury et jusqu'au Président. Alors, je donnais un coup de gueule et je le rame-nais au pied du mur : « Où étiez-vous le soir du 1er juin entre huit heures et minuit ? »

75 LOUIS. – Au fait, où était-il entre huit heures et minuit ?

---

5. Manière de s'exprimer oralement.

MAILLARD. – Chez sa victime, parbleu ! Il prétendait, lui, avoir passé la soirée dans un hôtel avec une inconnue. En fait d'alibi[6], c'était puéril[7], mais il avait une façon d'affirmer qui troublait les jurés. Finalement et grâce à moi, la sympathie
80 qu'il inspirait s'est retournée contre lui.

RENÉE. – Et comment vous y êtes-vous pris, mon cher magicien ?

MAILLARD, *retrouvant l'accent du prétoire*[8]. – Messieurs les jurés, vous avez en face de vous un assassin dont l'arme la
85 plus dangereuse n'est ni le couteau ni le revolver, mais cette sympathie… *(Changeant de ton.)* Si nous parlions d'autre chose ? Je ne vais tout de même pas refaire le procès à moi tout seul.

LOUIS. – Dommage !

90 JULIETTE, *se tournant vers le vestibule*. – Oui, mes enfants, papa est rentré… Je ne sais pas… C'est lui qui vous le dira. *(À Maillard.)* Ce sont les enfants. Ils n'arrivent pas à s'endormir. Va les embrasser, tu leur apprendras la bonne nouvelle. Ils vont être contents !

95 MAILLARD, *se dirigeant vers le vestibule*. – Chers mignons. À midi, Alain m'a fait promettre de lui apporter la tête de l'accusé. *(Rire général. Maillard monte les deux marches accédant au vestibule.)*

JULIETTE, *à Maillard*. – Toute la soirée, ils ont joué à se
100 condamner à mort.

(Rire attendri de Maillard qui disparaît dans le vestibule.)

Marcel AYMÉ, *La tête des autres*,
extrait de l'Acte 1, scène 2, éd. B. Grasset (1952).

---

6. Moyen de défense qui consiste à prouver qu'on se trouvait ailleurs qu'à l'endroit où a été commise l'infraction dont on est accusé.

7. Enfantin.
8. Salle d'audience du tribunal.

Questions

Repérer et analyser

Les personnages

1 Qui sont les personnages présents ? Quelle est la profession de Maillard ?

2 Quelle est la situation au début de la scène ?

La progression du dialogue

3 **a.** En quoi l'entrée en scène de Maillard est-elle théâtrale ? À quel jeu se livre-t-il ?

b. Quel effet sa première réplique produit-elle sur son entourage ? En quoi y a-t-il contraste avec l'effet produit par les répliques suivantes ?

4 Relevez les termes que Maillard emploie pour parler de l'accusé. Sur quel ton le fait-il ?

5 Quelles ont été les difficultés rencontrées au cours du procès ? Laquelle a été la plus grande ?

6 Quelle attitude, quels sentiments Maillard manifeste-t-il envers ses enfants ?

7 En quoi le dialogue est-il construit à partir d'effets de contrastes ?

La visée

8 Quel aspect précis de la justice cette scène dénonce-t-elle ?

9 Trouvez-vous cette scène comique ? Justifiez votre réponse.

S'exprimer

10 Reconstituez le plaidoyer du procureur Maillard.

Débattre

11 Êtes-vous pour ou contre la peine de mort ? Argumentez votre réponse.

Se documenter

La Peste, Albert Camus

Dans son roman *La Peste* (1947), Albert Camus fait la chronique d'une ville ravagée par une terrible épidémie. Tarrou, l'un des principaux personnages, se confie un soir à un ami. Quand il avait dix-sept ans, il a quitté définitivement sa famille. Son père était avocat général – un autre mot pour désigner un procureur.

« Quand j'ai eu dix-sept ans, mon père m'a invité à aller l'écouter. Il s'agissait d'une affaire importante, en Cour d'assises et, certainement, il avait pensé qu'il apparaîtrait sous son meilleur jour. Je crois aussi qu'il comptait sur cette cérémonie, propre à frapper les jeunes imaginations, pour me pousser à entrer dans la carrière que lui-même avait choisie. J'avais accepté, parce que cela faisait plaisir à mon père et parce que, aussi bien, j'étais curieux de le voir et de l'entendre dans un autre rôle que celui qu'il jouait parmi nous. Je ne pensais à rien de plus. Ce qui se passait dans un tribunal m'avait toujours paru aussi naturel et inévitable qu'une revue de 14 juillet ou une distribution de prix. J'en avais une idée fort abstraite[1] et qui ne me gênait pas.

« Je n'ai pourtant gardé de cette journée qu'une seule image, celle du coupable. Je crois qu'il était coupable en effet, il importe peu de quoi. Mais ce petit homme au poil roux et pauvre, d'une trentaine d'années, paraissait si décidé à tout reconnaître, si sincèrement effrayé par ce qu'il avait fait et ce qu'on allait lui faire, qu'au bout de quelques minutes, je n'eus plus d'yeux que pour lui. Il avait l'air d'un hibou effarouché par une lumière trop vive. Le nœud de sa cravate ne s'ajustait pas exactement à l'angle du col. Il se rongeait les ongles d'une seule main, la droite…
Bref, je n'insiste pas, vous avez compris qu'il était vivant.

---

1. Qui ne présentait pas de rapports avec la réalité.

« Mais moi, je m'en apercevais brusquement, alors que, jus-qu'ici, je n'avais pensé à lui qu'à travers la catégorie commode d'« inculpé[2] ». Je ne puis dire que j'oubliais alors mon père, mais quelque chose me serrait le ventre qui m'enlevait toute autre attention que celle que je portais au prévenu[2]. Je n'écoutais presque rien, je sentais qu'on voulait tuer cet homme vivant et un instinct formidable comme une vague me portait à ses côtés avec une sorte d'aveuglement entêté. Je ne me réveillai vraiment qu'avec le réquisitoire de mon père.

« Transformé par sa robe rouge, ni bonhomme ni affectueux, sa bouche grouillait de phrases immenses, qui, sans arrêt, en sor-taient comme des serpents. Et je compris qu'il demandait la mort de cet homme au nom de la société et qu'il demandait même qu'on lui coupât le cou. Il disait seulement, il est vrai : « Cette tête doit tomber ». Mais, à la fin, la différence n'était pas grande. Et cela revint au même, en effet, puisqu'il obtint cette tête. Simplement, ce n'est pas lui qui fit alors le travail. Et moi qui suivis l'affaire ensuite jusqu'à sa conclusion, exclusivement, j'eus avec ce malheureux une intimité bien plus vertigineuse que ne l'eut jamais mon père. Celui-ci devait pourtant, selon la cou-tume, assister à ce qu'on appelait poliment les derniers moments et qu'il faut bien nommer le plus abject des assassinats. […]

« Vous attendez sans doute que je vous dise que je suis parti aus-sitôt. Non, je suis resté plusieurs mois, presque une année. Mais j'avais le cœur malade. Un soir, mon père demanda son réveil parce qu'il devait se lever tôt[3]. Je ne dormis pas de la nuit. Le lendemain, quand il revint, j'étais parti. »

Albert CAMUS, *La Peste*, éd. Gallimard (1947).

2. L'accusé.

3. Il doit se lever tôt les jours où il assiste à l'exécution du condamné.

Jean Tardieu
De quoi s'agit-il ?

*Jean Tardieu (1903-1995) est un poète et un auteur drama-
tique qui explore avec humour les propriétés du langage.*

*Dans une salle de commissariat quelconque, on introduit
les témoins, M. et Mme Poutre. Le juge, en présence du greffier qui tape les dépositions, commence à interroger
Mme Poutre. On ne sait pas quel délit a été commis, mais
les réponses de Mme Poutre sont si bizarres que le juge s'écrie :
« Enfin de quoi parlons-nous ? »*

MADAME POUTRE. – Mais de… de… *(Elle désigne le ciel.)*

LE JUGE, *ironique, imitant son geste.* – Que voulez-vous dire ?

MADAME POUTRE. – Ben quoi, le soleil, pardi !

LE JUGE. – Ah là là ! Voilà le malentendu ! Nous ne parlions
5 pas de la même personne, de la même chose. Moi, je vous
parlais de votre agresseur, de votre voleur, de votre cambrio-
leur et vous, vous… Vous parliez de quoi ? Du soleil ! *(Levant
les bras au ciel.)* C'est invraisemblable ! C'est inimaginable,
i-ni-ma-gi-nable ! Mais comment avez-vous pu vous y prendre
10 pour faire fausse route de la sorte ?

MONSIEUR POUTRE. – C'est pas nous qu'on a fait fausse route,
Monsieur le Professeur-Docteur, c'est bien vous, vous-même !
Nous autres, on savait de quoi on parlait !

LE JUGE, *furieux.* – Et moi, vous croyez que je ne sais pas de
15 quoi je parle, non ? Ah ! Faites attention ! Vous ne savez pas
à qui vous avez affaire ! Je vais vous faire filer doux, moi, ma
petite dame, et vous mon petit monsieur ! C'est insensé ! On
se moque de moi ! *(Il s'apaise peu à peu, redresse sa cravate,
s'époussette. Au greffier qui s'était arrêté de taper et qui regarde*

20 *la scène d'un air hébété.)* Greffier, veuillez recommencer à noter… Et ne tapez pas si fort ! Vous nous cassez les oreilles ! *(À Monsieur Poutre.)* À nous deux, maintenant. À votre tour, vous allez déposer.

MONSIEUR POUTRE, *abruti.* – Déposer quoi ?

25 LE JUGE. – Déposer veut dire témoigner. Vous allez témoigner. Racontez-moi comment les choses se sont passées, le jour de l'événement !

MONSIEUR POUTRE. – Eh bien, voilà : comme ma femme vient de vous le dire, je n'étais pas là, j'étais absent.

30 *Le greffier recommence à taper avec précaution, du bout des doigts.*

LE JUGE. – Alors, comment pouvez-vous témoigner ? En voilà encore une nouveauté !

MADAME POUTRE, *intervenant.* – C'est que, Monsieur le 35 Curé, moi je ne me rappelle plus rien du tout, mais comme je lui avais tout raconté et que lui, il a une mémoire d'éléphant, alors…

LE JUGE, *haussant les épaules.* – Drôle de témoignage ! Enfin, si nous ne pouvons pas faire autrement ! Allons, *(résigné)* 40 racontez !

MONSIEUR POUTRE. – Alors voilà. J'étais allé à la pêche dans la rivière, dans la petite rivière, le petit bras de la petite rivière, autrement dit, celui où il y a des nénuphars, pas l'autre, où il y a du courant, alors je n'attrape jamais rien tandis que les 45 écrevisses elles me connaissent, elles vont lentement, moi aussi, alors on finit toujours par se rencontrer, sauf votre respect, Monsieur le Commissaire, autour d'un morceau de mouton pourri, du bien frais que le Docteur, pardon le boucher, me prépare exprès pour mes balances[1] le dimanche…

1. Petits filets en forme de poche pour la pêche aux écrevisses.

50   LE JUGE, *sec*. – Abrégez, je vous prie !

MONSIEUR POUTRE. – Alors, juste pendant que j'étais pas
là, il a profité de ce que j'étais pas là, ni ma femme non plus
d'ailleurs...

LE JUGE, *l'interrompant*. – Pardon ! Vous venez de m'af-
55 firmer l'un et l'autre que si vous n'étiez pas là, par contre votre
femme y était !

MONSIEUR POUTRE. – C'est-à-dire qu'elle était dans la
maison, mais elle était pas là, à l'endroit même où ça s'est
passé, vous comprenez !

60   LE JUGE. – Mais finalement, où ça s'est-il passé ?

MONSIEUR POUTRE. – Ça s'est passé au jardin.

LE JUGE. – Bon. Alors, de la maison, elle pouvait, je suppose,
voir ce qui se passait au jardin ?

MADAME POUTRE. – Ça, point du tout, Monsieur mon Père !
65 Non, ça, je peux vous le dire : de d'là où j'étais dans la maison,
c'est-à-dire de la cuisine, je pouvais rien voir au jardin !

LE JUGE. – Et pourquoi donc ?

MADAME POUTRE. – Pass'que la cuisine, c'est une pièce qui
tourne le dos au jardin.

70   LE JUGE. – Alors, comment avez-vous pu raconter quoi que
ce soit au... à votre... au témoin, enfin ?

MADAME POUTRE. – C'est que, voyez-vous, je lui ai raconté
les effets.

LE JUGE. – Quels effets ?

75 MADAME POUTRE. – Ben, les effets de ce qui s'est passé.

LE JUGE. – Alors, racontez !

MADAME POUTRE. – Ah mais non ! C'est pas à moi à raconter !

LE JUGE. – Pourquoi, je vous prie ?

MADAME POUTRE. – C'est pas à moi à raconter, puisque je
80 vous dis que j'ai rien vu.

LE JUGE. – Alors, comment faire, puisque lui, de son côté, votre mari, n'était pas là ?

MADAME POUTRE – Ça fait rien. Lui y raconte mieux que moi, il a plus de mémoire, ou d'imagination, je ne sais pas, moi !

85   LE JUGE, *avec un agacement grandissant et une insistance sarcastique²*. – Alors, Monsieur Poutre, veuillez me raconter à moi qui n'étais pas là, l'événement qui s'est produit en votre absence et qui vous a été rapporté par votre femme, bien qu'elle n'y ait pas assisté !…

90   MONSIEUR POUTRE. – Je vous disais donc que j'étais à la pêche. Quand je suis rentré, j'ai entendu un grand cri, c'était ma femme...

LE JUGE. – Elle avait été blessée ?

MONSIEUR POUTRE. – Mais non ! Elle était furieuse parce 95   qu'il avait tout saccagé dans la maison.

LE JUGE, *intéressé, pensant en sortir*. – Enfin, nous y voilà ! Il avait tout saccagé. *(Au greffier.)* Notez bien, greffier !

MONSIEUR POUTRE. – Tout, Monsieur le Juge, Monsieur le Professeur ! Tout, tout, tout ! Les plates-bandes étaient piéti-100   nées, la toile des transats était déchirée, les oignons étaient coupés, les outils étaient par terre. Il avait dû être furieux !

LE JUGE. – Une crise de nerfs ? Delirium tremens³, peut-être ? Venait-il souvent chez vous ?

MONSIEUR POUTRE. – Oui, souvent. Ma femme vous l'a dit.

105   LE JUGE. – Pardon ! Il y avait eu confusion : je parlais de lui et elle me parlait du soleil, rappelez-vous !

MADAME POUTRE. – Mais c'était vrai aussi de lui !

LE JUGE. – Voyons ! Voyons ! Réfléchissez ! Il y a une nouvelle confusion. Vous m'avez dit tout à l'heure que c'était plutôt 110   lui qui vous nourrissait. Maintenant vous me parlez de ses

---

2. Moqueuse et méchante.   **3.** Crise de délire et d'agitation provoquée par l'alcoolisme.

colères, de ses déprédations[4]. Dans un cas vous parlez du soleil, dans un cas d'autre chose... *(Un silence.)*... Alors, parlez ! *(Nouveau silence.)*... Mais parlerez-vous, à la fin !

Monsieur et Madame Poutre se taisent et se consultent du
115 *regard, d'un air embarrassé.*

MADAME POUTRE, *hésitante.* – Comment vous dire...

LE JUGE. – N'hésitez pas ! Ne craignez rien ! Vous êtes ici pour dire toute la vérité, rien que la vérité, je le jure... D'ailleurs, dans tout ceci, vous n'êtes que des témoins.

120 MADAME POUTRE. – Témoins, oui, d'accord, mais aussi victimes, Monsieur mon fils !

LE JUGE, *énervé, ses idées commencent à s'embrouiller.* – Appelez-moi : mon Père, ma Sœur !

MADAME POUTRE, *docile et respectueuse.* – Oui, mon Père-ma-
125 ma-Sœur !

LE JUGE, *haussant les épaules.* – Abrégeons ! De qui, de quoi s'agit-il ? De l'agresseur ou du soleil ?

MADAME POUTRE, *tout d'une traite et confusément.* – Ben ! Des deux, Monsieur le Docteur-juge ! C'était tantôt le soleil,
130 bien sûr, et tantôt l'orage. Pass'que l'orage, voyez-vous, quand il est là, il cache le soleil. Alors on le regrette, on est dans l'ombre et il saccage tout. Je veux dire l'orage, avec sa saleté de bruit de tonnerre pour le malheur des oreilles et les éclairs pour aveugler et sa pluie pour gonfler les torrents et inonder les pâtures ! Le
135 soleil, lui, il réjouit le cœur et quand on le voit, on lui dit : « Bonjour, bonjour, entrez, Monsieur ! » Alors il rentre par la fenêtre tant que dure le jour et quand l'orage ne le cache pas et quand il fait sec. Et quand il pleut, tout par un coup, voilà l'orage. Et c'est comme ça qu'on est : tantôt pour, tantôt contre. Et voilà
140 pourquoi on dépose une plainte contre inconnu et en même temps en sa faveur *(un peu essoufflée)*... Voilà, j'ai tout dit.

---

 4. Les dégâts, les dommages qu'il a causés.

Un nouveau silence pendant lequel le juge, enfoncé dans son fauteuil, regarde alternativement d'un regard égaré les deux témoins sans rien dire. Puis :

145   LE JUGE. – S'il en est ainsi, Monsieur et Madame Poutre, je ne peux rien pour vous. Rien, absolument rien… *(Se tournant vers le greffier.)* Greffier, concluez au « non-lieu[5] ». Selon la formule, vous savez… *(Il dicte rapidement.)*… Tout bien considéré en mon âme et conscience, mutatis mutandis, nous
150   ici présent, en pleine possession de nos moyens d'existence, en présence des parties plaignantes et en l'absence des inculpés, décidons que rien de ce qui est advenu ne comporte de conséquence, sauf imprévu en tout bien tout honneur et aux dépens des prévenus, au tarif prescrit par la loi, et caetera, et caetera[6]…
155   *(Il se lève, sacerdotal[7]. Les témoins et le greffier se lèvent aussi.)* Silence ! Respect à la loi ! La séance est levée. *(Aux témoins.)* Allez en paix et que nul autre que l'orage ou le soleil ne trouble désormais votre conscience !

Il les congédie d'un geste plein d'onction[8] qui rappelle vague-
160   *ment la bénédiction ecclésiastique. Les témoins sortent lente-ment et respectueusement. Le rideau tombe.*

Jean TARDIEU, « De quoi s'agit-il ? ou La méprise »,
in La Comédie du langage, éd. Gallimard (1984).

---

5. Décision constatant qu'il n'y a pas lieu de poursuivre en justice.
6. Le juge utilise les unes à la suite des autres des formules du langage juridique.

7. À la manière solennelle d'un prêtre.
8. Douceur qui pousse à la piété, la dévotion.

Questions

Repérer et analyser

La situation d'énonciation

1 Qui sont les personnages présents ?

2 Jean Tardieu présente Mme Poutre comme « un peu paysanne ». Relevez dans ses propos des expressions, des tournures de phrases qui appartiennent à un langage paysan de convention. Que révèle-t-il ?

La progression du dialogue

3 **a.** Contre qui Mme Poutre porte-t-elle d'abord plainte ?
b. En quoi ses propos sont-ils à double sens pour le juge et pour le spectateur ?
c. À partir de quelle ligne Mme Poutre désigne-t-elle son agresseur ?

4 Pour quelles raisons Mme Poutre ne peut-elle donner un témoignage valable ?

5 Quelles sont les réactions du juge face à des témoins aussi extravagants ? Relevez des passages où il se montre aussi peu logique qu'eux.

Le comique

6 Relevez les expressions par lesquelles les personnages désignent le juge. Quelle image donnent-elles du juge ?

7 Relevez les procédés qui rendent cette scène comique.

La visée

8 Quelle peut être à votre avis la signification d'un tel texte ? Est-ce pure fantaisie, simple plaisir du jeu ou y a-t-il matière à réflexion ?

S'exprimer

9 Imaginez un dialogue absurde fondé sur un quiproquo.

Se documenter

Le témoignage d'une femme, juge pour enfants

Les défauts et les ridicules des hommes de loi et de ceux qui ont recours à leurs bons offices ont été abondamment illustrés dans ces pages. Avec les écrivains, on a souri, on a ri, on s'est parfois indigné. Mais il serait impensable de ne voir la justice que sous l'angle de la satire.

Voici le témoignage d'une femme qui a longtemps été juge des enfants.

Après tout, qu'est-ce que vous faites, vous, les juges des enfants ? interrogent avec curiosité les personnes qui cherchent à comprendre ce que couvre un titre d'une telle ampleur ; titre qui ne permet guère, au surplus, d'évaluer l'impact[1] de cette justice sur les jeunes à la dérive.

Avant d'évoquer pêle-mêle les mineurs délinquants, les enfants en danger, les mesures de tutelle[2] aux prestations[3] sociales, on a irrésistiblement envie de répondre « beaucoup ! » quand bien même ce ne serait pas « la » bonne réponse. C'est cependant le premier sentiment qu'exprime la majorité des juges des enfants à l'évocation de leurs fonctions. Surcharge de dossiers, mobilisation permanente[4] dans leur cabinet, au téléphone ou avec des interlocuteurs divers, aspect émotionnel très chargé de certaines affaires, multiplicité des compétences[5], tout se conjugue pour faire de leur vie quotidienne un stress permanent.

Le cabinet d'un juge des enfants ressemble plus à la salle d'urgence d'un hôpital qu'au bureau d'un magistrat bienséant […]

Mercredi après-midi: audience de cabinet[6], encore appelée Chambre du Conseil. Je statue en juge unique sur les dossiers

---

1. Se rendre compte de la portée.
2. Les mesures prises pour assurer la protection de l'enfant.
3. Allocations versées par l'État.
4. Les juges sont obligés de rester en permanence dans leur bureau, d'être toujours disponibles.
5. On demande aux juges d'être compétents dans de très nombreux domaines.
6. Le juge reçoit les jeunes dans son bureau, appelé plaisamment « Chambre du Conseil ».

les plus simples. J'ai devant moi, posés sur ma table, une ving-
taine de dossiers : la plupart des noms me sont inconnus. Je les
feuillette rapidement : des vols de cyclomoteurs (« Y avait plus de
métro »…), des disques piqués à Prisunic (« C'était pour faire un
cadeau à ma copine »…), des vols à l'arraché de sacs à main
(« J'avais plus de fric pour aller au cinoche »…), quelques infrac-
tions à la RATP ou à la SNCF (« Ma mère veut pas que je fasse
du stop »…). Des garçons presque exclusivement, les filles ne
représentent environ que 10 % de la délinquance juvénile ; quand
elles agissent, c'est le plus souvent accompagnées d'une amie
pour des vols très « féminins » : maquillages, pacotille, robes…
Appelés par mon greffier, chacun à leur tour, les mineurs[7] sortent de l'ombre enfumée du couloir, accompagnés d'un parent,
d'une sœur aînée, d'un copain. Certaines mères qui ont déjà
expérimenté ces audiences reviennent accompagnées d'une voi-
sine et commentent les faits en attendant leur tour. Un frère aîné
fait déjà des clins d'œil à une sœur aînée, après tout il ne s'agit
pas de lui… Comme il n'y a pas suffisamment de chaises dans
le couloir, les gamins en jeans et en baskets s'assoient par terre,
se repassent des cigarettes, de temps à autre rappelés à l'ordre
par un garde… (je pense qu'à la même heure, des garçonnets
bien propres en culottes grises et veste bleu marine font des
courses avec leur maman ou se rendent à leur tennis…).
Les mineurs entrent dans ce cabinet – certains y ont presque
leurs habitudes – où je suis seule avec mon greffier. Pas de procureur, pas d'avocat, pas de robes noires… justice administrative, presque familiale.

Elisabeth CATTA, À quoi tu juges ?, éd. Flammarion (1988).

| **7.** Jeunes de moins de dix-huit ans.

Le procès du docteur Petiot (1946)

1. Le greffier en chef.
2. L'accusé.
3. Les journalistes.
4. Les avocats de la défense.
5. L'avocat de la partie civile.
6. Le président de la cour d'assises.
7. Un conseiller à la cour.
8. Les jurés.
9. La barre des témoins.
10. Les pièces à conviction.
11. Public.

Petit lexique de la justice

Abus de biens sociaux : utilisation pour son usage personnel de biens appartenant à une société.

Acquitter : déclarer l'accusé non coupable.

Ajourner : renvoyer l'examen d'une affaire à une autre date.

Alibi : moyen de défense tiré du fait qu'on se trouvait, au moment de l'infraction, dans un lieu autre que celui où elle a été commise. (On peut parfaitement invoquer un alibi sans en apporter la preuve.)

Arrêt : décision d'une cour (cour de cassation, cour d'appel, cour d'assises).

Assesseur : adjoint à un juge.

Assigner (assignation) : convoquer, appeler à comparaître.

Audience : séance du tribunal.

Avocat : personne qui assiste ou représente son client en justice et qui défend la cause de celui-ci.

Barreau : ensemble des avocats exerçant au sein d'un même tribunal.

Cause : affaire qui se plaide au cours d'un procès.

Chambre correctionnelle : formation du tribunal chargée de juger les délits.

Comparaître : se présenter au tribunal après en avoir reçu l'ordre.

Cour d'appel : juridiction à laquelle on a recours pour obtenir la modification d'une décision précédente.

Cour d'assises : juridiction chargée de juger les crimes.

Cour de cassation : juridiction suprême chargée de veiller à la bonne application du droit.

Défendeur : celui qui est poursuivi ou qui se défend devant un tribunal.

Défense : fait de se défendre devant un tribunal, ensemble des éléments invoqués pour se défendre.

Délit : Au sens large, infraction. Au sens strict, infraction de gravité moyenne (exemple : vol, coups et blessures, conduite en état alcoolique). Les délits sont punis moins sévèrement que les crimes et plus sévèrement que les contraventions.

Demandeur : celui qui porte plainte ou intente un procès. Défendeur et demandeur représentent les parties adverses d'un procès.

Déposer (déposition) : déclarer ce que l'on sait d'une affaire, témoigner.

Garde des Sceaux : ministre auquel sont confiés les sceaux de l'État, ministre de la Justice.

Greffier : fonctionnaire qui assiste le magistrat. Le greffier prend des notes au cours des audiences et enregistre les actes de procédure.

Huissier : 1) officier ministériel chargé de porter les actes de procédure à la connaissance des parties et de mettre à exécution les décisions de justice. 2) On appelle huissier audiencier celui qui annonce le tribunal et appelle les affaires à l'audience.

Infraction : comportement contraire à la loi pénale et passible d'une peine. Il y a trois types d'infraction : les crimes, les délits et les contraventions.

Juge : magistrat chargé de rendre la justice. À l'audience, les juges restent assis. On les appelle les magistrats du siège.

Juré : homme ou femme qui, faisant partie d'un jury, siège avec les magistrats en cour d'assises pour décider de la culpabilité de l'accusé et, s'il est coupable, de la peine à lui infliger.

Juridiction : institution chargée de rendre la justice.

Lever l'audience : déclarer l'audience terminée.

Magistrat : 1) fonctionnaire public ou officier civil investi d'une autorité juridictionnelle, administrative ou politique. Le président de la République est le premier magistrat de France. 2) Membre du personnel de l'ordre judiciaire ayant pour fonction de rendre la justice ou de requérir, au nom de l'État, l'application de la loi.

Mise en examen : acte par lequel un juge d'instruction informe une personne des faits qu'on lui reproche et sur lesquels il va mener ses investigations.

Non-lieu : déclaration constatant qu'il n'y a pas lieu de poursuivre en justice.

Palais de justice : bâtiment où siègent les différentes juridictions.

Parquet : ensemble des magistrats qui représentent la société et défendent ses intérêts (procureur, avocat général, substitut). Les membres du parquet forment le ministère public. À l'audience, ils prennent la parole debout.

Partie : personne qui participe à un procès.

(Condamné à) perpétuité : condamné à la prison à vie.

Plaider (plaidoirie) : défendre une cause devant les juges.

Plainte : dénonciation d'une infraction par la victime.

Prétoire : salle d'audience du tribunal.

Procureur : magistrat représentant la société, chargé de faire respecter la loi et de demander l'application d'une peine. Le procureur est le chef du parquet.

Recel : action de garder des objets volés.

Renvoi : remise du procès à une date ultérieure.

Sergent : autrefois, officier de justice chargé des poursuites et des saisies.

Siéger : tenir une audience.

Statuer : prendre une décision.

Substitut : membre du parquet, adjoint du procureur.

Témoigner (témoin) : dire au tribunal, sous la foi du serment, ce que l'on sait de l'affaire.

Vacations : vacances judiciaires.

Verdict : décision rendue par la cour d'assises.

Index des rubriques

Repérer et analyser
La situation d'énonciation 12, 56, 71, 75, 121
L'exposition 12
Les personnages et leurs relations 12, 31, 56, 61, 71, 75, 90, 94, 101, 107, 112
L'action 13, 32, 61, 82
Le comique 13, 24, 31, 56, 71, 75, 81, 101, 107, 121
Le comique de mots 13, 32, 50, 72
La visée 13, 82, 90, 95, 101, 107, 112, 121
Le lieu 23, 31, 50, 56, 61, 81
Les didascalies 23, 101
La progression du dialogue 23, 31, 71, 81, 101, 112, 121
Le comique de situation 24, 32, 50, 71
Le théâtre dans le théâtre 31
La structure et la progression de la scène 50
Les répétitions 50, 81
Les expressions à double sens 51
La satire 51
Le monologue 56
Les hypothèses de lecture 56, 61
Le retournement de situation 81
Le dénouement 82
Le statut du narrateur 90
La progression du récit 90, 94
Le mode de narration 90, 94
Le genre du texte 94
La périphrase 95

Se documenter
Le texte d'origine 14-15
Riches marchands et hommes de loi 25
Les foires 25-26
Le pilori 33-34
Le corbeau et le renard 34
Le thème de la mort 52
Le testament de Pathelin 52-53
Un problème d'identité 76-77
La Peste, Albert Camus 113-114
Le témoignage d'une femme, juge pour enfants 122-123
Le procès du docteur Petiot 124

S'exprimer 14, 24, 32-33, 51, 61, 75, 82, 91, 95, 112, 121

Étudier la langue 13, 24, 32, 62

Mettre en scène 13, 24, 51

Enquêter 72, 91, 107

Débattre 112

Table des illustrations

2-h, 39 ph © Archives Hatier

2-g ph © Collection Viollet / Archives
Hatier

2-d Metsys (1466-1530), *Le Prêteur
et sa femme*, Musée du Louvre,
Paris

ph © RMN

7 ph © Giraudon / Archives Hatier

8, 14 ph © Archives Hatier

52 ph © CNMH / Archives Hatier

62 ph © Archives Hatier

74 ph © Collection de la Comédie
Française, ADAGP, Paris, 2002

80 ph © Archives Hatier

85 ph © Roger-Viollet

89 ph © Roger-Viollet / Archives Hatier

106 ph © Collection Kharbine Tapabor
© TDR

124 ph © Keystone

et 12, 13, 14, 15, 23, 24, 25, 26, 31, 32, 33, 34,
50, 51, 52, 53, 56, 61, 62, 71, 72, 75, 76, 77, 81,
82, 90, 91, 94, 95, 101, 107, 112, 113, 114, 121,
122, 123, 124 (détail) ph© Archives Hatier

Iconographie : Hatier Illustration

Graphisme : Mecano-Laurent Batard

Mise en page : Isabelle Vacher

Dépôt légal : 24657 - août 2008

Imprimé en France par CPI - Hérissey à Évreux (Eure) - N109073